Felix Schmidt
Amelie

Felix Schmidt

AMELIE

Roman

Osburg Verlag

Erste Auflage 2020

www.osburgverlag.de

Lektorat: Ulrich Steinmetzger, Halle
Umschlaggestaltung: Judith Hilgenstöhler, Hamburg
Satz: Hans-Jürgen Paasch, Oeste
Druck und Bindung: CPI books GmbH, Leck
Printed in Germany
ISBN 978-3-95510-212-8

für meine Kinder

1

In ein paar Stunden werde ich Amelie wiedersehen.

Ich stehe neben mir, schiebe den Tag vor mir her, lausche dem Stakkato der Regentropfen auf dem Balkon der Wohnung im vierten Stock, von dem ich zur Straße blicken kann. Ich halte es weder am Schreibtisch vor dem Balkonfenster noch im Lesesessel vor dem Bücherregal länger als fünf Minuten aus. Keine Chance, einen Zeitungsartikel zu Ende zu lesen. Das Buch, das ich vor ein paar Tagen begonnen habe, eine dicke Bach-Biografie, schlage ich gar nicht erst auf.

Seit ich mich aus dem Bett gequält habe, drehen sich meine Gedanken in einer Endlosschleife um die Begegnung heute Abend. Ich bin längst bei Amelie. Ich sehe sie wie früher leichtfüßig wie ein junges Mädchen auf mich zueilen, obwohl sie nun auch schon Mitte fünfzig ist, höre das Klacken ihrer Stiefeletten, sehe ihren leicht rot geschminkten Mund, der sich bei der Begrüßung zu einem lautlosen Lächeln öffnet. Ich sehe den spöttischen Blick, die kleinen, unter einem dicken Pullover versteckten Brüste.

Als ich dem Ansturm der Gefühle nicht mehr standhalten kann, ziehe ich den Morgenmantel aus und stelle mich unter die kalte Dusche. Ich habe das Gefühl, ich müsse mich abhärten für das, was mich erwartet.

Ich lasse mir unter der Dusche Zeit. Als sich das Durcheinander in meinem Kopf einigermaßen beruhigt hat, drehe ich den Wasserhahn entschlossen zu und trockne mich mit einem schweren Handtuch übertrieben lange ab. Den mindestens zehn Jahre alten italienischen Anzug, der immer noch sitzt, und ein weißes Hemd habe ich mir schon heute früh zurechtgelegt. Ich überlege, ob ich eine Krawatte umbinden soll, lasse es aber, weil mir Amelie einmal gesagt hat, dass ich mit offenem Hemdkragen jugendlicher wirke. Das habe ich nicht vergessen und mir seither keine neuen Krawatten mehr gekauft, auch nicht die schmalen, die jetzt in Mode sind.

Es ist früher Abend und allmählich Zeit, mich auf den Weg ins Restaurant zu machen, in dem ich mich mit Amelie verabredet habe. Ich bin ein wenig zu früh dran, aber ich kann es kaum erwarten. Ich richte mich auf, ich weiß nicht, wie lange ich still an meinem Schreibtisch gesessen und überhaupt nichts getan habe. Durchs Fenster habe ich den Wolken zugeschaut, wie sie immer eiliger vorbeisegelten und schließlich den blauen Himmel freilegten. Es hat nur vorübergehend aufgehört zu regnen. Jetzt nieselt es.

Aus einer Eingebung heraus greife ich auf dem Weg zur Tür nach den zwei mit Aufzeichnungen gefüllten Kollegheften, die ich hinter Bücherrücken im Regal versteckt hatte. Ein leichtes Frösteln kann ich dabei nicht unterdrücken. Wie lange habe ich die nicht angesehen! Jetzt überkommt mich das vage Gefühl, dass ich sie als eine Art Talisman bei dem bevorstehenden Gespräch dabeihaben sollte. In den blauen Kollegheften habe ich alles festgehalten, was vor drei Jahren passiert ist.

Es nieselt weiter, als ich am Breitscheidplatz, zu dem ich von meiner Wohnung in fünf Minuten gelaufen bin, in den Bus steige, um ins »Ritz Carlton« am Potsdamer Platz zu fahren. Ich versuche in den blauen Kollegheften zu lesen, blicke jedoch alle paar Sekunden fahrig hinaus ins Schmuddelwetter. Die Scheiben sind beschlagen, die Fassaden huschen wie im Nebel vorbei, ich erkenne nicht viel, nur Schemen mit Regenschirmen.

Als der Bus die Haltestelle erreicht, steige ich voller Ungeduld aus und betrete wenig später die Lobby des Hotels. Wie lange ich nicht mehr hier gewesen bin! Alles ist noch am gewohnten Platz. Es ist wie vor Jahren, als ich dann und wann im Bistro des »Ritz« gegessen habe.

Auf der Karte steht wie damals der Blaubeerpfannkuchen. Und das Wiener Schnitzel mit Spargel gibt es auch noch. Ebenso die Sylter Austern, die vermutlich noch immer nach nichts schmecken. Nur die Preise haben sich geändert. Die Bistrotische stehen so eng nebeneinander, dass man hört, was die Nachbarn erzählen, auch wenn man es nicht hören will.

Ich muss zehn Minuten warten, bis der Tisch an der Ecke, an dem ich so oft mit Amelie gesessen habe, frei wird. Von hier aus kann man durch die großen Glasscheiben in das aufkeimende Grün des nahen Parks und in den Himmel sehen.

Als Amelie und ich vor ziemlich genau drei Jahren das letzte Mal hier an diesem Tischchen Milchkaffee tranken und Croissants aßen, die so gut schmeckten, als kämen sie direkt aus einer Pariser Pâtisserie, fielen die Sonnenstrahlen eines schon warmen Märztages in das Bistro. Wir waren damals noch verheiratet, hatten gerade Silberne Hochzeit gefeiert und zogen die Aufmerksamkeit des Kellners auf uns, weil wir uns über das Tischchen hinweg küssten. Er war wohl neidisch gewesen auf diesen Anblick von Glück.

Nun sitze ich wieder an diesem Ecktisch, warte auf Amelie und fürchte mich ein wenig vor der Begegnung. Es ist die erste nach Jahren der Entfremdung und der Kontaktsperre, die ich uns beiden, die ich mir auferlegt hatte.

Ich lehne mich zurück und gerate schon nach wenigen Minuten ins Grübeln. Immer wieder stehe ich von meinem Tisch auf, gehe durchs Lokal und schaue, ob es nicht doch noch einen besseren, geschützteren Platz für uns gibt.

Ich habe lange darüber nachgedacht, wo dieses Wiedersehen stattfinden könnte. Eine Begegnung in meiner Wohnung kam nicht in Frage, das wäre zu intim gewesen. Schwankender Grund. Das Bistro im »Ritz«, neutral und doch vertraut, schien mir das angemessene Terrain zu sein.

Es ist gut eine Stunde vor der verabredeten Zeit, die Tische werden eingedeckt. Mit geübten Griffen und flotten Zurufen bringen die Kellner Bestecke, Gläser und Teller auf die Tische. Das Klappern, das dabei entsteht, übertönt das Dudeln der Musikanlage mit französischen Chansons. Der Ober, den ich zu mir winke, um einen Whiskey zu bestellen, schaut mich mit einem schwer zu entschlüsselnden Lächeln an, dann sagt er: »Schön, dass Sie auch wieder einmal hier sind.«

Ich erinnere mich, dass wir uns früher, wenn ich hier gegessen habe, über Musik und Literatur unterhalten haben. Ich erinnere mich an seine samtene Stimme, den französischen Akzent und daran, dass er es musikalisch mit der Romantik hielt, vor allem mit den Liedern von Schubert. Dafür haben die Franzosen nun mal eine Vorliebe. Ich habe ihm gerne zugehört, wenn er von Paris schwärmte. Er hatte bei »Fouquet's« gelernt und war einige Jahre dort geblieben, bevor er in Berlin Karriere gemacht hatte, wie er spöttelte. Er hatte es immerhin zum Restaurantchef gebracht und war jetzt ein Mann kurz vor der Rente, der sich mit einigem Optimismus schadlos durch die Jahre gekämpft hat.

»Wo ist denn Ihre Frau?«, fragt er mich unvermittelt.

»Ich warte hier auf sie, aber sie ist nicht mehr meine Frau.«

Der Ober dreht an seinem Ehering. »Das tut mir leid«, sagt er.

Ich lege unwillkürlich die Hand auf die beiden Kolleghefte, die ich bei meiner Ankunft im Restaurant aus der Aktentasche geholt habe. Ich nehme eines der Hefte in die Hand und lasse die Blätter über meinen Daumen rascheln. »Da steht alles drin, was mir in den letzten drei Jahren widerfahren ist.« Ich atme einmal tief durch. Dann lege ich es wieder zurück. »Ja, ich habe einiges hinter mich gebracht, seit ich zuletzt hier war.«

Die Hand, die wieder auf den Notizheften liegt, wird immer schwerer und breiter, als wolle sie zudecken, was ich den Seiten aus meiner jüngsten Vergangenheit anvertraut habe. Der Ober macht ein paar mitfühlende Bemerkungen zu dem, was er als Missgeschick bezeichnet. Ich sehe ihm an, dass er gern mehr wüsste, aber er akzeptiert mein Schweigen und macht mich auf den Vorzug dieses und jenes Gerichts auf der Speisekarte aufmerksam. Ich höre nur halb hin und sage dann: »Nachher können Sie mir ein Wiener Schnitzel servieren, aber vom Kalb.«

Als ich diese, in einem gehobenen Restaurant gewiss unangebrachte Bitte ausspreche, tappe ich in die Nostalgie-Falle: So hat Amelie hier stets ihr Leibgericht bestellt.

Wenn ich ehrlich bin, geht es mir gar nicht so sehr ums Essen, sondern eher um solche Erinnerungen. Und dann nehmen die Bilder aus der Vergangenheit Kontur an. Als ich das Glas mit dem Bourbon hebe, zittert meine Hand heftig. Es ist einerseits die freudige Unruhe, Amelie wiederzusehen, die ich, auch wenn ich es mir nicht eingestehen will, seit der Trennung vermisse. Andererseits kann ich mit dem Whiskey die Wut nicht hinunterspülen, die mich packt, wenn ich wie jetzt darüber nachdenke, mit welcher Hemmungslosigkeit sie mich hintergangen hat.

Begonnen hatte alles mit dem sexuellen Kick einer Sommerliebe, die sie als Signal für ein neues Leben verstanden hat und mit der sie das Glück der Familie aufs Spiel setzte. Die Sommerliebe hat dann Jahresringe angesetzt, die heiße Affäre hat sich abgekühlt: »Das hat gar nichts mit dir zu tun«, hat mir Amelie ihren Ausbruch aus der Ehe einmal erklärt. »Ich hatte das Gefühl, im Leben etwas zu verpassen, deshalb habe ich Neues gewagt.«

Ich bin trotz aller Aufwallung, die derlei Tagträumereien in mir wachrufen, jetzt eher weich gestimmt, die Hoffnung, das anstehende Gespräch mit Amelie könne vielleicht eine Wende bringen, ist schwer zu unterdrücken.

Ich bin nicht sicher, ob es richtig war, auf Amelies Bitte um ein Gespräch überhaupt einzugehen. Sie hat geschrieben, dass sie meinen Rat und meine Hilfe brauche. Ich kann sie doch nicht abweisen wie einen unliebsamen Besucher, der an der Tür steht, dachte ich, als ich letztlich einwilligte.

Das Warten setzt mir zu. Ich schrecke hoch, als der Kellner mich fragt, ob ich noch etwas trinken möchte. »Bringen Sie mir bitte noch einen Bourbon, dann ist aber genug.«

Die Gedanken und Gefühle von damals sind wieder da, das Echo, das sie auslösen, wird sich auch mit Whiskey nicht vertreiben lassen. Die in den Kollegheften gehütete Vergangenheit wird wieder lebendig. Die Bilder von damals ziehen wie ein wackliger Film vor meinen halb geschlossenen Augen vorüber. Sie kommen aus einem Paradies, aus dem ich vertrieben worden bin und in das ich jetzt am Bistrotisch vor dem Whiskeyglas wie ein melancholischer Zuschauer wieder flüchte. Es sind Bilder, in deren Fluchtpunkt stets eine Frau ist, noch schmaler und zarter als in meiner Erinnerung.

Ich sehe, wie ich nach unserem letzten gemeinsamen Aufenthalt hier mit ihr die paar Schritte zur Philharmonie hinüberging. Sie trug das schwarze Kleid mit den weißen Punkten, das ich ihr zu diesem Anlass geschenkt hatte.

Wir kamen wenige Minuten vor Beginn des Konzerts an. Die Sitzreihen waren längst gefüllt und die Musiker bereits auf der Bühne, sie stimmten ihre Instrumente. Wir drängten uns auf unsere Plätze in der dritten Reihe, Block A.

Die teuren Karten waren ein Geschenk unseres Freundes Paul Meissenberg, der an dem Abend die Berliner Philharmoniker dirigierte. Das Adelsprädikat vor dem Nachnamen hatte er während eines längeren Aufenthalts in Indien abgelegt, wo er bei einem Guru musikalische Erleuchtung gesucht hatte. Er war fortan nur noch Meissenberg, der internationales Ansehen genoss, vor allem als Interpret von Gustav Mahlers Symphonien. Für den heutigen Abend hatte er die Achte gewählt, die den Beinamen »Symphonie der Tausend« bekommen hatte, weil bei der Münchner Uraufführung eintausendunddrei Musiker auf der Bühne waren.

In einem Rundfunk-Interview hatte Meissenberg tags zuvor über die gewaltige Personalanforderung für dieses Werk gesprochen: acht Sängerinnen und Sänger, drei Chöre, ein Riesenorchester und eine Orgel. Wegen dieses ausladenden Anspruchs und der geistigen Dimension – einer komplizierten Mixtur aus Glauben, Verzeihung und Erlösung – habe Adorno die Achte eine »Riesenschwarte« genannt. Meissenberg nutzte das Radio-Gespräch auch, um darauf hinzuweisen, dass es nicht vielen Dirigenten gelinge, die ganze Klangpracht und Dramatik dieses musikalischen Monsters zu meistern. Schon an der Balance zwischen Solisten, Chören und Orchester würden manche scheitern.

»Das wusste ich nicht«, hatte Amelie zu mir gesagt, als unser Freund auf die Lebensumstände einging, in denen Mahler sein gewaltigstes Werk schuf. Obwohl seine Frau Alma längst mit Walter Gropius eine Affäre hatte und die Ehe zu scheitern drohte, habe er ihr die Symphonie gewidmet.

Meissenberg wurde mit großem Applaus begrüßt. Im modisch hochgeknöpften Anzug ging er das Treppchen zum Podium hinauf, nein, schwebte hinauf, in der Gewissheit, dass ihm eine unvergleichliche Interpretation gelingen würde. Als er sich mehrfach verbeugte, glaubte ich ein leichtes Nicken in unsere Richtung zu bemerken. Amelie jedenfalls lächelte zurück. Mit zwei, drei Fingerschlägen der rechten Hand gab er den Musikern den Takt an. Dann reckte er beide Arme zum Einsatz.

Meissenberg war ein Romantiker, als Dirigent und als Mensch. Die eben erst wiederentdeckte Musik Mahlers mit ihrem Getose hatte in seinem Programm eine Bleibe gefunden. Wochenlang hatte er, wie er uns immer wieder erzählte, Nuance um Nuance überdacht.

Deshalb hörten Amelie und ich nun nicht nur die Interpretation, sondern auch, wie sie zustande kam. Der Abend war für Meissenberg ein Erfolg. Er musste sich wieder und wieder verbeugen. Dabei fielen seine langen Haare vornüber, was einige Zuhörer so belustigte, dass sie noch wilder klatschten.

Nach der Aufführung reihten Amelie und ich uns in die Schlange der Gratulanten ein, die sich vor Meissenbergs Garderobe versammelt hatten. Hier hatte auch Herbert von Karajan einst die Huldigungen seiner Fans entgegengenommen.

»Nein, das muss doch nicht sein«, sagte ich zu Amelie, »das dauert doch eine Ewigkeit.«

»Du kannst ja schon ins Hotel zurückgehen«, entgegnete sie. »Ich komme nach.«

Auf dem kurzen Rückweg an den lichterblinkenden Hochhäusern des Potsdamer Platzes vorbei stellte sich nicht jenes Glücksgefühl ein, das ich sonst nach Konzerten empfand. Die Darbietung der Mahler-Sinfonie hatte mir nicht sonderlich zugesagt. Trotz Meissenbergs intensiver intellektueller Vorbereitung hatte er die Armee von Streichern, Schlagzeugern und Bläsern mit den Chorkompanien nicht in die Balance bekommen.

An der Hotel-Bar nahm ich einen Drink und wartete auf Amelie. Sie kam seltsam leicht, fast übermütig in den Raum, so wie ich sie sonst nur im Urlaub erlebt hatte. Erst jetzt sah ich die grauen Strähnchen, die sie sich am Nachmittag ins blonde Haar hatte machen lassen. Beim späten Abendessen – Amelie ließ sich ein Wiener Schnitzel servieren, »aber vom Kalb« – überraschte sie mich mit der Frage: »Wollen wir nicht ein paar Tage nach Sardinien fahren? Paul hat für den ganzen Sommer ein Haus am Meer gemietet.«

»Woher weißt du das?«

»Er hat es mir vorhin gesagt. Er lädt uns ein.«

Ich erinnerte mich vage daran, dass Paul auch mir seine Absicht, den Sommer auf Sardinien zu verbringen, bereits mitgeteilt und die Mitteilung mit der Frage verbunden hatte, ob wir dort nicht unseren gemeinsamen Auftritt für das Gesprächskonzert vorbereiten könnten, das für den Herbst in Göttingen geplant war. Ich habe ein Leben lang über Musik geredet, geschrieben und Filme gedreht.

Meissenberg schätzte es, wie ich die Musiker ins Gespräch bekam. Deshalb hatte er mich schon vor einiger Zeit gebeten, einige seiner Konzerte zu moderieren. Es sollte über die Wiederentdeckung der Musik Gustav

Mahlers mithilfe der stereophonen Aufnahmetechnik gesprochen werden. »Du bringst am besten Amelie mit nach Sardinien, dann verbinden wir das Nützliche mit dem Angenehmen.«

Am Tag darauf, als wir wieder in unserer Wohnung in Hamburg waren, schnitt Amelie das Thema erneut an. Sie gab mir eine ausgedruckte Mail, die sie von Paul bekommen hatte und in der er nachfragte, ob wir uns schon entschieden hätten. Ich stand am Herd und bereitete das Abendessen vor, deshalb legte ich das Papier beiseite. Ich war unschlüssig und sagte es ihr auch.

Beim Essen erzählte Amelie dann von ihrer Lektüre über die Bergschönheiten Sardiniens, die sie beeindruckt hätten. Sie zeigte mir am Computer die steil ins Meer abfallenden Bergrücken, Strände mit einem Geranke von Kakteen, Bougainvilleen und Oleanderbüschen. Damit überzeugte sie mich.

Der Ausblick auf die üppige südliche Landschaft weckte meine latente Sehnsucht nach dem Naturerlebnis. Sie geht zurück auf intensive Naturerfahrungen in meiner Kindheit, als ich sinnend und staunend auf dem Hang hinter meinem Elternhaus gelegen und unvergessliche Stimmungsbilder in mich aufgenommen hatte: Wolkengebilde, die sich über den Hügeln auftürmten, der in der mittäglichen Hitze gerinnende Himmel, die glitzernden Matten, wenn die ersten Sonnenstrahlen auf das Gras fielen.

Ich bat Amelie, eine Verabredung mit Paul zu treffen, »aber mehr als vier Tage müssen es nicht werden.«

»Acht sollten es schon sein, sonst lohnt es sich nicht«, entgegnete sie.

Amelie buchte noch am gleichen Tag Flüge nach Olbia, von Nizza aus, denn wir wollten ja bereits im März in die Vaucluse fahren, wo wir ein Sommerhaus hatten. Sonst ließ sie sich für das Buchen immer viel Zeit, sie flog nicht gerne, sie hatte Platzangst und stieg nur ins Flugzeug, wenn sie einen der vorderen Gangplätze reservieren konnte, was ihr dieses Mal nicht gelang. Aber dieses Mal war es ihr offensichtlich gleichgültig.

»Sardinien interessiert mich sehr, da nehme ich schon mal eine Strapaze auf mich«, sagte sie.

Es war dann ein angenehmer, ruhiger Flug. Der blaue Himmel, den ich durch das Kabinenfenster wahrnahm, ging schon ins Abendrot über, als der Pilot zur Landung ansetzte.

Amelie, die vor sich hingedöst hatte, räkelte sich wach. »Du kannst dich um die Koffer kümmern. Ich hole den Leihwagen ab. Paul wartet dort auf mich. Er fährt dann mit seinem Wagen voraus.«

Ich nickte. Die sorgfältige Planung, von der Amelie sonst nicht viel hielt, weckte in mir vorübergehend das beunruhigende Gefühl, dass irgendetwas nicht stimmte, dass die Rollen falsch verteilt waren. Ich nahm die Koffer vom Laufband und schob sie zum Ausgang, wo ich auf Amelie und Paul wartete.

Eine endlose halbe Stunde stand ich da. An- und abfahrende Autos rollten an mir vorbei, und als ich ins Dämmerlicht des Abends hineinblinzelte, tauchte Amelie als verschwommene Silhouette vor meinen halb geschlossenen Augen auf.

»Du bist so weit weg«, hatte ich in den letzten Monaten immer wieder zu ihr gesagt. Ich hatte das Empfinden, dass sie mit ihren Gedanken und Gefühlen fern von mir war. Wie jetzt wieder, als sie sich aus ihrem Schemen löste und mir zurief: »Steig ein.«

»Wo ist Paul?«, fragte ich.

»Er ist schon vorausgefahren.«

»Aber warum ist er denn überhaupt gekommen?«

»Er wollte mir beim Mieten des Wagens behilflich sein.«

»Deshalb fährt er eigens hierher? Das verstehe ich nicht.«

Amelie antwortete nicht.

Paul sei eben, so sagte ich mir, immer für eine Überraschung gut. Er beachtete kaum Regeln, hielt sich nicht an Verabredungen, setzte sich über Umgangsformen hinweg. Sein unmäßiges Selbstbewusstsein, mit dem er sich Abstand zu allem Konventionellen verschaffte, verteidigte er mit dem Hinweis, dass sich der künstlerische Mensch außerhalb der gesellschaftlichen Norm bewege.

Während der Fahrt blieben wir die meiste Zeit stumm. Nur mit gelegentlichen Hinweisen auf vorüberziehende Naturschönheiten unterbrach ich die Stille. Nach einer Stunde Fahrt erreichten wir das Haus. Der erste Blick trog. Hinter einer anspruchslosen Fassade und einem mit Mülleimern verstellten Eingang lag ein wahres Paradies: ein gepflegter Park mit Oleander, Rosen und Pinien, durch den man direkt ans Meer kam.

Und erst das Haus! Zehn auf zwei Stockwerke verteilte Zimmer, die meisten mit Balkon und weitem Blick übers Meer, eine geräumige Halle, die Wände mit Palisanderholz getäfelt und mit alten Stichen verziert – vorwiegend Jagd- und Schäfermotive –, was den Eindruck von Gediegenheit und Wohlstand vermittelte.

Das Haus hatte ein Düsseldorfer IT-Magnat, mit dem Meissenberg befreundet war und dem eine starke Hingabe zu Kunst und Künstlern nachgesagt wurde, vor einigen Jahren für seine Frau, eine Schauspielerin, bauen lassen. Er hatte es nicht mehr betreten, seit seine Frau ihn verlassen hatte. Gewissermaßen als Nutznießer der rasch folgenden Scheidung hatte Paul hier schon manchen Sommermonat verbracht.

Auch in diesem Jahr war er in den frühen Juni-Tagen eingezogen, dieses Mal nicht, um Partituren neuer Stücke zu studieren, sondern um einen umfangreichen Essay über die balinesische Gamelan-Musik zu schreiben. Denn Meissenberg war selbst ein gewandter Musikschriftsteller, wurde sogar manchmal mit Adorno verglichen. Ich hielt das für überzogen, obwohl er mein Freund war. Aber es war auch immer eine widersprüchliche Freundschaft.

Ich war überrascht, dass Pauls Frau nicht da war. Sie war promovierte Musikwissenschaftlerin. Amelie sagte mir, dass schon seit einiger Zeit Anzeichen von Übermüdung in der langjährigen Ehe zu beobachten seien. Es schien, als hätte sich jeder auf sein eigenes Leben konzentriert.

»Und diese langen Wanderungen haben ihr ja eh nie gelegen«, sagte sie. Damit schien das Thema für sie abgeschlossen.

Paul wollte den Sommeraufenthalt, wie auch in den Jahren zuvor, für Wandertouren in den sardischen Bergen nutzen, denn das brauchte er als Ausgleich für seine kräftezehrenden Auftritte. Gleich nach unserer Ankunft beugten sich Paul und Amelie über die im Haus vorhandenen Wanderkarten und wählten ein paar Touren für die nächsten Tage aus. Ein Fehler, dass ich mich daran nicht beteiligte.

Amelie mochte es schon immer, sich sportlich zu verausgaben. Sie ging regelmäßig ins Fitnessstudio, rackerte sich auf dem Laufband und mit den Hanteln ab. Sie übertrieb es bei der Gartenarbeit, wenn wir in unserem Haus in Südfrankreich waren. Und jetzt hatte es ihr das Wandern angetan. Eigentlich seit Paul ihr erklärt hatte, dass Wandern auch ein Denksport sei. Das schien auch ihre Empfindung zu sein, als die beiden am Abend des ersten Tages von einem ausgedehnten Ausflug in die Berge zurückkamen.

»Der Kopf wird frei, neue Gedanken fliegen dir zu«, belehrte mich Amelie, als sie ihre Wandersachen in den Keller trug. Dann ging sie mit Paul in die Küche, um kalte Getränke aus dem Kühlschrank zu holen. Ich folgte ihnen und sah, wie sie sich vor dem Kühlschrank umarmten. Bevor sie sich voneinander lösten, griff er an ihren Busen.

Die Bewegung war zu schnell, zu beiläufig, als dass ich sie glauben wollte. Tausende Gedanken schossen mir wie irrlichternde Blitze durch den Kopf: Was hatte ich da gesehen? Ich musste mich geirrt haben.

Und die Umarmung war nur eine freundschaftliche Geste gewesen und nicht der Annäherungsversuch meines Freundes an meine Frau, die das mit sich geschehen ließ. Als sie sich voneinander lösten, hatte ich mich bereits abgewandt und beim Umdrehen damit begonnen, das Bild zu verdrängen. Statt die Angelegenheit zu klären, sagte ich nichts. Ich weiß nicht warum. Ich weiß nicht, ob ich damit unsere Freundschaft, die Ehe oder nur mich schützen wollte.

Beim Abendessen im Garten der Villa, das ich vorbereitet hatte, herrschte eine merkwürdige Stimmung. Während sich mein Freund, der für seine geistreichen Bemerkungen bekannt war, ein Bonmot nach dem anderen auf der Zunge zergehen ließ, kam von meiner Frau entgegen ihrer Gewohnheit nur verhaltener Beifall. Als wir später im Bett lagen, schmiegte sich Amelie an mich, als würde sie Schutz suchen. Ich nahm sie in die Arme.

Wir bewohnten ein großes, ganz mit einer Blumenmuster-Tapete versehenes Zimmer, das von einem massiven Masterbett auf einem eichenen Rahmen beherrscht wurde. Vom Bett aus konnte man auf den mit wildem Wein und weißen Geranien verzierten Balkon sehen, und vom Balkon aus überblickte man den geometrisch angeordneten Garten, an dessen Ende sich ein Schwimmbad befand, das man über eine tempelartige Säulenallee erreichte.

Auch im Park standen da und dort Marmorsäulen und auf ihnen die Marmorköpfe antiker Denker. Das sollte wohl gleichermaßen auf die Wohlhabenheit und den gehobenen Bildungsgrad des Besitzers hinweisen. Platon war zweimal vertreten, eine der Büsten konnte man vom Balkon aus gut erkennen, was mich zur spöttischen Bemerkung veranlasste, hier ginge es wohl sehr platonisch zu. Ovid habe ich nirgends entdecken können.

Neben dem Balkonzimmer lag eine kleine Bibliothek, in der ein paar Klassiker-Erstausgaben standen. Sie war, wie die meisten Räume des Hauses, mit edlen Furnieren verkleidet, von gediegener Pracht und großbürgerlichem Glanz und durch schwere Samtvorhänge abgedunkelt.

Die Bilder von der Szene vor dem Kühlschrank gingen mir auch am folgenden Morgen durch den Kopf. Nach dem Bad im Meer und einem langen, nahezu stummen Spaziergang am Strand legte ich Amelie die vorzeitige Abreise aus Sardinien nahe. Sie sah mich überrascht an. Nein, sie wolle mindestens noch ein oder zwei Tage bleiben, um Wanderungen zu machen, das täte ihr gut und sei doch auch so verabredet gewesen.

Mit geradezu detektivischer Aufmerksamkeit beobachtete ich die beiden von nun an. Amelie wurde still, wenn Paul auftauchte, sie schaute zur Seite oder ging in einen anderen Raum. Sie richtete es so ein, dass sie nie allein mit ihm war, wenn ich mich in der Nähe aufhielt.

Nur beim Schwimmen im Meer waren sie zusammen. Als ich sie an einer Buhne, wo sie sich zum Ausruhen festhielten, einholte, hatte ich den Eindruck, dass sie hinter meinem Rücken Absprachen getroffen hatten. Mit dem nächsten Schwimmzug wischte ich meine Vermutung beiseite.

Nachts im Bett ertastete ich ihre Anwesenheit, tagsüber, wenn sie unterwegs waren, fühlte ich mich in einen seelischen Alarmzustand versetzt, der sich mit nichts beruhigen ließ, auch nicht mit übermäßig viel Wein. In jenen Tagen in Sardinien – so stellte sich später heraus – hatte die Affäre bereits einige Monate gedauert und ließ sich offensichtlich nicht von heute auf morgen beenden.

Obwohl ich später nicht mehr, wie in der Küche auf Sardinien, Zeuge ihrer Zärtlichkeiten wurde, weiß ich um den Fortgang ihrer Affäre aus Geständnissen von

Amelie und vor allem aus dem dicken Papierstapel von Mails – mehr als fünfhundert Seiten –, den sie, als sie auszog, in einer grünen Kladde in ihrem Kleiderschrank liegen ließ. Als ich ihn fand, war ich anfangs fassungslos. Wieso hatte sie das nicht mitgenommen? Sollte ich lesen, was sie mir nicht sagen wollte?

Nachdem ich ihn gefunden hatte, zog es mich wie einen Süchtigen immer wieder zu diesem Mailwechsel. Ich hatte dabei ein so schlechtes Gewissen wie früher bei der Beichte, wenn ich dem Priester gestand, dass ich mich lustvoll gegen das sechste Gebot versündigt hatte. Ich empfand damals wie auch jetzt bei der Lektüre der Mails durchaus Hemmung und Scham. Aber das reichte nicht, um mich davon zurückzuhalten, das zu tun, was ich tat und was man nicht tun sollte. Es war wie eine Selbstbestrafung.

Die erregende Fantasie, die eigene Frau in den Armen eines anderen zu sehen, zu verfolgen, wie sie sich ihm hingibt, die Arme um seinen Hals und die Beine um seine Hüften schlingt, gewann immer wieder die Oberhand über das Schuldgefühl. Das Gift der Eifersucht schlich sich in mein Gemüt und brachte mich auf Fiebertemperatur.

Ich habe Amelie später einmal gefragt, warum sie, als sie die Koffer gepackt hat, das grüne Konvolut im Kleiderschrank zurückgelassen habe, sie habe doch davon ausgehen müssen, dass ich es finde. Sie hat nur die Augenbrauen hochgezogen, das war ihre Antwort.

Amelie war mir während unseres Aufenthalts auf Sardinien merkwürdig dünnhäutig erschienen, manchmal dem Weinen nahe. Als ich sie darauf ansprach, sagte sie,

sie habe das Gefühl, in einer Art Midlife Crisis zu sein, weshalb sie vermehrt Sport treibe. Es kam vor, dass sie unvermittelt den Tisch verließ, noch bevor das Abendessen beendet war, sich ins Schlafzimmer zurückzog und von dort dem Gespräch lauschte, das Paul und ich führten. So jedenfalls hat sie es mir später erzählt. Sie lag im Bett und zitterte bei jedem Wort, das sie mithörte.

Wie weit würde Paul gehen, würde er einfach sagen, dass die Ausflüge mehr waren als nur Exkursionen in die karstigen Berge Sardiniens? Sie wusste ja, dass er, wenn er ein paar Gläser Rotwein getrunken hatte, den Drang verspürte, sich mitzuteilen. Mehrfach hatte er mit ihr besprochen, dass es an der Zeit sei, alles offenzulegen, was sich zwischen ihnen ereignet hatte. Doch Amelie war dazu noch nicht bereit. Sie konnte sich den Bruch mit mir noch nicht vorstellen und auch nicht den Alltag mit Paul.

Sie hatte jedenfalls Sorge, dass er mir an einem solchen Abend sagen könnte, dass mit jedem Höhenmeter ihre Liebe zueinander wachse, dass sie sich, oben angekommen, in die Arme fielen und nicht mehr voneinander loskämen.

In einem solchen Augenblick der Verzückung, als sie im Gras lagen, hatte Amelie ihm gestanden – und dies ist ihre Formulierung in einer der Mails –, noch nie eine so gewaltige emotionale Bindung verspürt zu haben wie zu ihm. Paul hatte ihren Kopf in seine Hände genommen, über die gemeinsame Zukunft und über die verlorene Chance auf ein gemeinsames Kind gesprochen. Sie kamen spät von der Tour zurück. Auf der Terrasse, die von kugelrund geschnittenen Buchsbüschen gesäumt war, verzehrten wir noch einen kleinen Imbiss, kalten Fisch und Salat. Wir redeten über den Tag.

»Das war heute aber anstrengend«, sagte Amelie.

»Aber du hast prächtig durchgehalten«, entgegnete Paul. »Da euer Flug erst übermorgen geht, könnten wir ja morgen früh noch einmal los.«

»Willst du nicht mitkommen?«, fragte sie mich. »Im Keller findest du sicher noch ein paar Wanderschuhe, die dir passen könnten.« Sie sagte das so beiläufig, als wolle sie mir zu verstehen geben, dass es ihr lieber wäre, wenn ich zu Hause bliebe.

Wir standen vom Tisch auf. Amelie ging schlafen, ich wusch das Geschirr ab, Paul machte sich an seinem Computer zu schaffen, er habe einen Text für ein Programmheft zu schreiben.

Er saß immer noch im Halbdunkel des Wohnzimmers vor dem Gerät, als ich um Mitternacht auf dem Weg zur Küche, wo ich mir ein Glas Milch holen wollte, hinter ihm stehen blieb. Ich war barfuß. Er hatte mich nicht bemerkt. Vielleicht war er aber auch vor dem Bild auf dem Computer eingenickt. Das Foto zeigte eine Frau, die ihr leichtes Nachthemd so weit über die Schenkel nach oben gezogen hatte, dass man ihre rasierte Scham erkennen konnte. Ich hatte keine Zeit mehr, mich vorzubeugen, um über Pauls Schulter hinweg der leicht bekleideten Frau ins abgedunkelte Gesicht zu sehen. Paul schreckte hoch und blendete mit geübtem Griff das Bild aus.

Unbemerkt legte ich mich neben Amelie ins Bett. In meinen Schläfen pochte das Blut. Was ich gesehen hatte, begleitete mich in den Dämmerschlaf.

Der grünen Kladde konnte ich später entnehmen, dass es ein Foto von Amelie war, das sie aus unserem Schlafzimmer auf Pauls Computer gesendet hatte.

Die Sonne schickte ihr erstes Glimmen in die mannshohen Zypressen, die das herrschaftliche Anwesen vom Nachbargrundstück trennten, als Amelie und Paul sich auf den Weg zu ihrer letzten Tour machten. Ich wartete noch ein paar Minuten, dann setzte ich mich in den kleinen Fiat, den wir gemietet hatten, und fuhr ihnen auf der serpentinenreichen Straße hinterher, um sie irgendwo in der Landschaft auszumachen. Das hatte ich schon früher vorgehabt, war aber immer wieder davor zurückgeschreckt. Ich wollte nicht spionieren. Aber vielleicht hatte ich auch nur Angst vor der Wahrheit.

Die Straße stieg steil an und war bis zur Baumgrenze von dunkelgrünen Pinien gesäumt, deren Zweige in der Morgensonne Schatten auf den Asphalt warfen. Ich fühlte mich in meiner Rolle als eifersüchtiger Spitzel unwohl.

In den fünfundzwanzig Jahren unserer Ehe hatte ich Amelie nie hinterhergeschnüffelt, wenn mir etwas nicht ganz geheuer erschienen war. Ich schämte mich, und dieses Gefühl bekam schließlich die Oberhand. Ich fuhr an den Straßenrand und setzte mich eine Weile in das noch taufeuchte Gras. Mir war übel. Ein Gedanke durchzuckte mich: »Tu dir das nicht an.« Ich stand auf, setzte mich noch ein paar Minuten unschlüssig ins Auto, dann machte ich mich auf den Rückweg.

Während der Fahrt wurde ich den Gedanken nicht los, dass Amelie und Paul sich seit Langem in einer heimlichen Verschwörung verbunden hatten.

Der Abend verlief wie auch die Abende zuvor. Ich deckte den Tisch, während Amelie und Paul duschten. Beim Essen ging es wie immer hin und her, wir redeten über Bücher, über Musik und Theater, über die Arbeit. Paul zitierte Stellen aus seinem neuen Essay. Amelie, die zwischen uns saß, beteiligte sich nicht an dem Gespräch. Sie war still und merkwürdig verdruckst gewesen. Später beschrieb sie diesen Abend als einen Eiertanz dicht am Abgrund, bei dem sie Angst vor einer verräterischen Berührung hatte.

Wir aßen eine Muschelsuppe und tranken Landwein dazu, den ich in einem Supermarkt gekauft hatte und der wie ein anständiger Bordeaux schmeckte. Paul aß mehrere Teller Suppe, die er köstlich fand.

Ich galt in meinem Freundeskreis als guter Koch, dessen Einladungen zum Abendessen man gerne annahm. Als ich noch ein anstrengendes Berufsleben hatte, war das Kochen an den Wochenenden für mich eine Tätigkeit, bei der ich mich erholte. Ich stand oft stundenlang am Herd und bereitete für die Freunde, aber auch für die Familie vorwiegend italienische Gerichte zu.

Als schwarze Wolken aufzogen, den Abendhimmel verdunkelten und es merklich kühler wurde, nahmen wir unsere Gläser in die Hand, trugen sie und die Teller in die Küche. Im Radio wurden für den nächsten Tag ein Wetterumschwung, fallende Temperaturen und Regen angekündigt.

»Da haben wir Glück gehabt mit unseren Touren«, sagte Paul und verabschiedete sich damit zur Nachtruhe. Auch Amelie und ich zogen uns zurück, gingen ins obere Stockwerk und packten die Koffer für die

Rückreise. Für mich war das ein Akt der Erleichterung, Amelie hingegen bedauerte, dass die schönen Tage schon vorbei seien.

Paul brachte uns am nächsten Tag zum Flugplatz. Die Maschine nach Nizza hatte über eine Stunde Verspätung, und Paul wollte nicht so lange warten.

Zum Abschied klopfte er mir auf die Schulter: »Wir treffen uns ja wieder.«

»Ja, zum Gesprächskonzert in Göttingen.«

Er küsste Amelie, wie Freunde sich küssen.

Dass sie sich schon lange nicht mehr so manierlich geküsst hätten wie am Flughafen, konnte ich später in ihren Mails lesen.

Wir verbrachten noch ein paar Tage in unserem Haus in der Vaucluse. Viel Zeit blieb uns nicht, denn ich musste schon einen Tag später nach Berlin, wo ich eine berufliche Verabredung hatte.

Ich hatte mir vorgenommen, mit Amelie ein Gespräch über die Merkwürdigkeiten des Aufenthalts auf Sardinien zu führen. Ich schob es immer wieder hinaus. Als ich den Koffer ins Auto warf, in dem mich Amelie zum Flughafen fuhr, war es zu spät. Als ich sie zum Abschied umarmte, war das Gefühl, dass etwas mit uns nicht mehr stimmte, zur Gewissheit geworden.

Mein Flugzeug war erst wenige Minuten in der Luft, als jenes landete, in dem Paul Meissenberg saß. Auch er hatte seinen Aufenthalt auf Sardinien beendet und kam jetzt, als ich abreiste, in Nizza an. Da küssten sie sich, wie Liebende sich küssen.

Diesen Küssen hatte Paul am Abend vor der Abreise eine Mail vorausgeschickt: Er werde sich bändigen müssen, ihr nicht gleich auf dem Flughafen die Kleider vom Leib zu reißen. Er werde sich gesittet verhalten, bis sie im Auto seien.

2

»Hast du etwas dagegen, wenn ich für ein paar Tage ins Elsass fahre? Paul hat mich und ein paar andere Freunde zum Wandern eingeladen. Er hat dort über Allerheiligen ein Haus gemietet.«

Es war frühmorgens an einem späten Oktobertag, wir waren kurz zuvor vom Sommeraufenthalt aus Südfrankreich nach Hamburg zurückgekehrt. Wir lagen noch im Bett. Ich war sofort hellwach. Die innige Umarmung der beiden am Kühlschrank in der Küche in Sardinien stand mir jäh wieder vor Augen. Ich brauchte Zeit zum Überlegen, deshalb ging ich in die Küche an die Kaffeemaschine.

Als ich mit dem Tablett zurückkam, sagte ich: »Wenn es dir Spaß macht, dann fahr doch.«

Ich ließ mir nicht anmerken, wie stark mich ihre Frage beschäftigte. Hatte sie es darauf angelegt, mich im Dämmerschlaf damit zu überfallen? Zudem war ich verwundert, dass nur Amelie eingeladen worden war und nicht auch ich. Die Gegend war doch meine Heimat, das wusste Paul. Wir hatten oft darüber geredet und auch schon Ausflüge ins Elsass gemacht, als er in

Stuttgart an der Oper dirigiert hatte. Dabei hatte ihn meine Ortskunde beeindruckt.

Beim Abendessen sprach ich darüber.

Amelie wirkte angespannt, als sie zwischen zwei Bissen sagte: »Du wanderst doch nicht gerne. Du hast es ja auch auf Sardinien abgelehnt, mit uns zu wandern.«

»Aber ich könnte euch am Abend Gesellschaft leisten und ein paar Schritte spazieren gehen, während ihr unterwegs seid. Die frische Luft täte mir sicher gut. Ich könnte dann auch wieder kochen. Auf Sardinien hat es euch ja geschmeckt. Du weißt, wie viel ich in den letzten Wochen gearbeitet habe. Eine Pause würde mir guttun.«

Ich schrieb an einem Buch über Musiker des 20. Jahrhunderts, das Manuskript musste ich noch vor Weihnachten abliefern.

Sie schwieg. Ich folgte mit meinem Blick eine Zeit lang dem kurzen, verlegenen Zucken ihrer Lippen, bis sie eine Antwort fand: »Rück doch raus mit der Sprache, wenn es dir nicht recht ist, dass ich mit Paul und seinen Freunden unterwegs bin.« Als ob sie meine Gedanken gelesen hätte, fuhr sie fort: »Paul hat für mich übrigens ein Zimmer in einem Gasthaus reserviert. Das Haus, das er gemietet hat, ist offensichtlich zu klein für alle. Seine Freunde aus Skandinavien wohnen bei ihm.«

Was sollte ich darauf sagen? Etwa, dass es mich beruhigte, sie nicht unter einem Dach mit Paul zu wissen? Ich ließ die Chance, die sie mir mit ihrer Antwort eröffnete, ungenutzt verstreichen. Ich hätte sie mit meinen Beobachtungen auf Sardinien konfrontieren können. Ich schlug auch nicht mit der Faust auf den Tisch, ich schleuderte ihr nicht den entscheidenden Satz entgegen: »Ja, ich misstraue dir, ich habe dich im Verdacht, dass du mich mit Paul betrügst.«

Ich wich, wie so oft, dem klärenden Streit aus, ich überließ mich nicht meinem Zorn. Aber immerhin schob ich sie, als sie vom Tisch aufstand und mich an sich ziehen wollte, ein wenig von mir, aber eben nur ein wenig. Ich fand sie auch in diesem Augenblick noch begehrenswert und wusste nicht, ob ich mich über dieses seltsam unpassende Gefühl mehr ärgerte oder über sie. Ich bot ihr an, die Fahrkarte nach Straßburg zu kaufen. Ich wollte nicht, dass sie mit dem Auto die lange Strecke fuhr, zumal in den Höhenlagen der Vogesen schon Schnee und Glatteis zu befürchten waren.

Am nächsten Tag brachte ich Amelie zum Hauptbahnhof. Der ICE hatte Verspätung. Wir tranken auf dem eiskalten Bahnsteig Cappuccino. Ich umarmte sie, bevor sie in den Zug stieg.

»Ich habe noch etwas für dich.« Ich gab ihr einen Beutel mit hartgekochten Eiern.

»Dass du daran gedacht hast …«

Der Zug fuhr an. Während ich noch für ein paar Augenblicke auf dem Bahnsteig stehen blieb und ihr zuwinkte, dachte ich bereits an die Arbeit, die mich zu Hause erwartete: Ich hatte noch nicht alle Fragen formuliert, die ich Meissenberg in Göttingen stellen wollte. Am liebsten würde ich das Gespräch mit folgenden Worten eröffnen, schoss es mir durch den Kopf: Was bist du eigentlich für ein Freund, mein lieber Paul? Ich weiß doch, dass du meiner Frau nachstellst.

Amelie blieb drei Tage im Elsass. Als sie zurückkam, stand ich am selben Gleis und erwartete die Einfahrt des Zuges.

Als Amelie mir mit ihrem Koffer entgegenkam, wirkte sie müde. Sie legte mir die Hand auf die Schulter. Ich umarmte sie und nahm ihr den Koffer ab.

»Wie war es?«, fragte ich sie im Taxi.

»Ganz schön, aber ich habe dich vermisst.«

Diesen Satz sollte ich in den folgenden Monaten immer wieder zu hören bekommen. Manchmal schenkte ich ihm Glauben, manchmal nicht.

Daheim angekommen, warf ich ihr vor, dass ich immer wieder versucht hätte, sie in den Tagen ihrer Abwesenheit zu erreichen, aber sie habe sich nicht gemeldet. Weder im Gasthaus, wo sie angeblich logierte, noch am Mobiltelefon. Auch auf meinem Anrufbeantworter, den ich alle paar Stunden abrief, war keine Nachricht gewesen.

Erst in der Nacht vor ihrer Abreise hatte ich sie erreicht. Während des kurzen Gesprächs, das sie offenbar widerwillig führte, war sie sehr einsilbig gewesen. Das hatte mir den Eindruck vermittelt, als hörte jemand mit. Ich wollte ihr das vorhalten. Es kam nicht mehr dazu, weil sich in den nächsten Stunden die Ereignisse geradezu überschlugen.

Amelie stand in der Küche vor der Kaffeemaschine, sie hatte ihr Gesicht abgewandt. Sie drehte sich um, stellte sich neben mich, wollte meine Hand nehmen. Ich zog sie zurück.

Mit einem Achselzucken nahm sie ihre Kaffeetasse und setzte sich vor den Computer. »Ich will Paul nur mitteilen, dass ich gut angekommen bin.«

»Schreib ihm auch, dass ich gerne dabei gewesen wäre bei dieser Tour in meine Heimat.« Ich empfand diesen Satz wie eine kleine Mutprobe und setzte nach: »Sag mal, will Paul eigentlich etwas von dir?«

Sie schaute auf ihre Hände und warf ein paar fahrige Blicke auf mich, ihre Lippen bewegten sich, als würde sie eine Antwort einstudieren. Meine Frage nahm ihr aber nur für Sekunden den Atem. »Wie kommst du auf einen so absurden Gedanken?« Sie zuckte mit den Schultern und machte mit den Händen eine wegwerfende Bewegung. Ihre Finger spielten auf der Tastatur des Computers.

Mir fiel ihre ungewöhnlich jugendliche Figur auf. Sie hatte in den letzten Monaten abgenommen. Sie trug einen kurzen Rock – vielleicht zu kurz. Ihre weiße Bluse war weit aufgeknöpft.

Sie klappte den Computer zu, stand auf und sagte unvermittelt: »Ich muss jetzt gehen, du weißt doch, ich bin mit Antonia verabredet.«

Sie hatte mir auf der Fahrt vom Bahnhof nach Hause erzählt, dass sie sich noch von unterwegs mit ihrer Freundin verabredet hatte, die habe ein Problem. Sie zog ihren Mantel an und bemerkte, dass ich sie traurig ansah. Sie ging rasch zur Haustür, wohl, um einer weiteren Frage, zu der ich gerade ansetzte, zu entgehen.

Als sie draußen war, ging ich zum Computer, der auf dem Tisch stand. Wir benutzten ihn seit Jahren gemeinsam. Ich hatte eine Datei mit Notizen für das Gesprächskonzert mit Paul angelegt.

Ich tippte den Namen der Datei unter dem Stichwort »Paul« ein. Erst jetzt bemerkte ich, dass Amelie ihren Mail-Account nicht geschlossen hatte. Ich las die Nachricht, die sie gerade eben abgeschickt hatte. Sie erschreckte mich zu Tode, obwohl ich mit so etwas gerechnet hatte.

Sie teilte Paul mit, dass ich sie nach ihrer Rückkehr mit Fragen bedrängt hätte, und sie werde wohl nicht umhin kommen, ein bisschen was zuzugeben, falls ich weiter frage.

Ich las diesen Text, mehrmals, sprach ihn sogar laut vor mich hin, hörte meine Stimme aber nur wie von weither, wie ein verhallendes Echo: ein bisschen was zugeben … zugeben … zugeben …

»Bitte nicht, bitte das nicht«, flüsterte ich mir zu.

Ich saß immer noch wie erstarrt und innerlich leer da, als ich Amelie nach Hause kommen hörte. Widerstrebend stand ich auf und ging ihr im Flur entgegen.

Amelie war blass. Sie sah mitgenommen aus. Wie immer, wenn sie heimkehrte, gab sie mir einen flüchtigen Kuss. Dann ließ sie sich in einen Sessel fallen. Ihre Augen waren gerötet.

»Hast du geweint?«

Ihre Stimme klang irgendwie merkwürdig, als sie antwortete: »Nein, warum fragst du? Sehe ich so aus?«

»Ja.«

»Ich hatte eine Auseinandersetzung mit Antonia.«

»Worum ging es?«

»Frauensachen.«

»Es ging nicht zufällig um deine Reise?«

Ihr Telefon klingelte. Amelie nestelte zittrig in ihrer Handtasche herum und suchte nach dem Mobiltelefon.

Als sie es fand, drückte sie den Anruf weg. Sie zwang sich zu einem Lächeln.

»Das war Paul, er wollte sicher wissen, ob ich gut angekommen bin. Ich rufe ihn nachher an.«

»Hast du ihm nicht schon geschrieben, dass du gut angekommen bist?«

Sie zuckte zusammen, und es dauerte eine Weile, bis sie ihre Fassung wiederfand.

Es entstand eine Pause, die mir guttat. Ich blickte auf das Wasser des Kanals vor dem Haus. Meine Augen fixierten die graue Kaimauer, die die Häuser vor Hochwasser schützen sollte. Ich registrierte den scharfen Kontrast des Graus zum Weiß der großbürgerlichen Gebäude. Warum war mir das vorher nicht aufgefallen?

Meine Stimme war vom Zorn geschärft, als ich mich fragen hörte: »Hast du mir nicht etwas zu sagen?«

Als das erwartete »Nein« kam, zeigte ich auf den Bildschirm des Computers mit der Mail. »Und was ist das?«

Sie erschrak.

Die Straßenlaternen entlang des Kanals waren angegangen. Ich knipste die Stehlampe neben dem Sofa an, auf dem Amelie saß. Als mein Blick auf den Spiegel fiel, sah ich mein versteinertes Gesicht. Es war plötzlich sehr alt.

Amelie blieb eine Weile stumm, dann wandte sie den Blick ab. Ich bekam Angst vor dem, was sie sagen würde.

Sie flüsterte ein paar Mal: »Hör zu, hör mir zu.« Ihre Lippen bewegten sich stumm weiter. Dann erst brachte sie den Satz heraus, der alles klärte, was bisher vage gewesen war: »Ich wollte es dir schon lange sagen, aber ich hatte einfach nicht den Mut dazu. Ich hatte Angst, dich zu verletzen: Ich habe ein Verhältnis mit Paul.« Ihre Stimme nahm jene metallene Tönung an, mit der sie mich auch früher schon eingeschüchtert hatte, wenn wir uns stritten.

Es tat noch mehr weh, als ich mir vorgestellt hatte. Das letzte Fünkchen Hoffnung, es werde sich alles zum Guten wenden, verglühte. Mein Blick fiel auf die Vase mit den halb verwelkten Rosen, die auf dem Wohnzimmertisch stand.

Es machte sich eine lange, unerträgliche Stille breit. Weder Amelie noch ich fanden Worte über diese endlosen Minuten hinweg. Dann beendete ich schroff die Pause: »Wie lange dauert das schon?«

»Etwa ein Jahr.«

Ein ganzes Jahr. Das wurde ja alles immer schlimmer.

»Und wie soll es nun weitergehen. Bist du bereit, die Affäre zu beenden? Der oder ich, du musst dich entscheiden.«

Sie zögerte, dann entgegnete sie: »Ich werde mit Paul reden. Es ist doch alles halb so schlimm. Es ist doch nur so eine Sommerliebe. Wir haben ein paar Mal miteinander geschlafen.«

»Dann kannst du ja nun auch damit aufhören. Das erwarte ich von dir.«

Wieder gab es eine lange Pause. Ich hatte das Gefühl, dass Amelie etwas herunterspielte, dass aus der Sommerliebe längst viel mehr geworden war. Als sie dann auch noch Gründe für ihr Abenteuer an den Haaren herbeizog – ich sei immer so melancholisch gewesen und nie zu Hause –, platzte mir der Kragen.

Ich tat etwas, was ich nicht für möglich gehalten hätte. »Pack deine Koffer!«, schrie ich.

Amelie stand auf und ging zum Fenster, starrte eine Weile auf das Wasser des Kanals. »Heißt das, du wirfst mich raus?«

»Ja.«

Sie wollte nicht gehen. Sie versuchte es mit Alternativen. Sie wollte mir erklären, wie es zu dieser Affäre gekommen war, sie sei selbst überrascht, dass ihr die anfangs so harmlose Liebelei entglitten sei. Es sei viel Leichtsinn dabei gewesen, das sehe sie jetzt ein. Aber wir könnten uns doch arrangieren, wir müssten doch auch an die Familie denken. Die Familie im Kleinen wie im Großen war schon immer etwas sehr Wichtiges in ihrem Leben gewesen. Sie war offensichtlich geneigt, ihren Betrug an der Familie, die monatelange Fremdgeherei, als einen großen, eigentlich verzeihlichen Irrtum anzusehen.

Ich ließ sie nicht weiterreden. Ich hielt das, was sie vorbrachte, für ein rhetorisches Manöver, mit dem sie meinen Verstand beleidigte. Sie hatte sich schlank gehungert, hatte den Saum ihrer Röcke weit übers Knie verlegt. Sie strahlte mehr und war ausgelassener. Jetzt bekamen diese Veränderungen für mich einen Sinn: Sie war ganz offensichtlich verliebt, auch wenn sie das nicht zugeben wollte, mir nicht und sich selbst vielleicht auch nicht.

Die Nacht verbrachte ich auf der Couch im Wohnzimmer, hörte, wie sie im Schlafzimmer die Koffer packte. Sie hatte wohl eingesehen, dass ich es ernst meinte und sie mich nicht mehr erreichte.

In dieser Nacht tat ich kein Auge zu. Ich stöhnte mehrfach auf im Halbdämmer – so laut, dass ich befürchten musste, Amelie im Nebenzimmer könnte es hören. Unablässig fragte ich mich, warum ich nicht früher etwas bemerkt hatte. Es hatte viele Signale gegeben, die offensichtlichsten auf Sardinien im letzten Sommer, aber, wenn ich es recht überlegte, auch schon bei meinem achtzigsten Geburtstag, den wir im April mit Familie und Freunden in unserem Haus in der Vaucluse gefeiert hatten.

Als damals die Gäste aufgebrochen waren, hatte ich beobachtet, wie sich Amelie und Paul umarmten, ausgiebiger und zärtlicher, als dies beim Abschiednehmen üblich ist.

Als wir im Schlafzimmer alleine waren, hatte ich Amelie darauf angesprochen, dass die Verabschiedung von Paul wohl über die Grenzen einer freundschaftlichen Beziehung hinausgegangen sei. Sie fuhr mich an, ob ich denn keine anderen Probleme hätte, als ihr nachzuspionieren. Sie habe jedenfalls keine Lust, mit mir über meine absonderlichen Beobachtungen zu sprechen. Paul sei nicht mehr als ein Freund, dem sie sehr zugetan sei.

»Du doch auch, oder?« Sie zog die Bettdecke über sich und schlief bald ein, während ich noch lange mit offenen Augen neben ihr lag und überlegte, ob ich mich bei ihr entschuldigen sollte.

Jetzt bekam diese Abschiedsszene wieder Gewicht wie vieles andere auch, dem ich in der Vergangenheit keine sonderliche Bedeutung beigemessen hatte. Ihr Drängen beispielsweise, wenn ich eine Reise machte, doch länger fortzubleiben und Freunde zu besuchen.

»Du hast doch Zeit, genieß doch deine Reisen«, so hatte sie häufiger gesagt.

Jetzt verdichtete sich der Verdacht, dass sie meine Abwesenheit planvoll für die Zusammenkünfte mit Paul genutzt hatte. Aber hatten wir uns nicht immer vertraut? Galten wir nicht seit Jahren wegen unserer zärtlichen Fürsorglichkeit füreinander als ein geradezu mustergültiges Ehepaar?

Wir hatten Streitereien gehabt, wie sie in einer Ehe üblich sind. Die waren mit einer innigen Versöhnung beendet worden. Ich nahm dann ihren Kopf in die Hände und küsste sie lange, und manchmal ging es noch weiter. Und damit war alles vergessen. Nein, große Zerwürfnisse hatte es nicht gegeben und auch nichts, was wir unter dem Deckel hätten halten müssen. Alles hatten wir miteinander geteilt.

So ging es mir wieder und wieder durch den Kopf in dieser Nacht. Wir haben zwei Kinder großgezogen und unser Leben auf eine gemeinsame Zukunft hin ausgerichtet. Was ich bei Amelie als ihre Schwächen entdeckt hatte, war stets zurückgetreten gegenüber dem tieferen, dem eigentlichen Bild, das ich von ihrem Charakter hatte: Das ist die Frau, der ich rückhaltlos vertraue und die ich liebe.

Als sie am anderen Morgen das Gepäck in den Kofferraum des Autos laden wollte, wobei ich ihr behilflich war, stellten wir fest, dass der Wagen über Nacht aufgebrochen worden war. Das Navigationsgerät und das Radio waren gestohlen, zwei Fenster waren eingeschlagen worden. Das Auto musste in die Werkstatt.

Amelie konnte also nicht sofort in unser Haus nach Frankreich fahren, wie es geplant war. Stattdessen wollte sie, um nachzudenken, einige Tage in einem Hotel an der Ostsee verbringen, bis der Wagen wieder funktionstüchtig war. Ich brachte sie zum Bahnhof.

Als sie in den Zug einstieg, konnte ich nicht übersehen, wie jugendlich ihre Gestalt in den letzten Monaten geworden war.

3

Noch am Abend bekam ich aus dem Hotel an der Ostsee eine lange Mail, die sie nach einem Spaziergang im winternassen Sand verfasst hatte. Sie beschrieb das Zimmer am Meer, das runde Tischchen am Fenster, den freien Blick auf die ruhige See.

Die idyllische Schilderung und der vertraute Ton weckten in mir alte Gefühle und Erinnerungen, die ich rasch zu verdrängen suchte. Erinnerungen an den langen Spaziergang am fast leeren Strand von Long Island zu Beginn unserer Beziehung, als ich so verliebt in sie war, dass ich alle paar Meter anhielt, um sie zu küssen. Ich war vernarrt in dieses unermüdliche Küssen, und sie war es auch.

Sie beschwor in ihrer Mail Glücksmomente aus der gemeinsamen Vergangenheit: die Familienfeste auf der Wiese hinter unserem Haus, die Abende in der Skihütte in den Alpen. Aber nun wisse sie nicht mehr, wohin sie gehöre, sie bitte um Zeit zum Nachdenken. Sie würde verzweifeln, sei letztlich aber doch froh, dass alles herausgekommen ist, denn so hätte sie nicht mehr lange weiterleben können.

War das ein Hoffnungsschimmer? Litt sie ebenso wie ich? Bedauerte sie, was geschehen war?

Ich antwortete: »Du sollst dir im Klaren darüber sein, dass du auf den Scherben einer zerstörten Familie kein neues Glück aufbauen kannst.«

Widersprüchliche Gefühle stürmten auf mich ein. Empörung und Traurigkeit vermischten sich, und gleichzeitig stieg eine diffuse Ahnung in mir auf, dass ich nicht so leicht von ihr loskommen würde, ganz gleich, was sie getan hatte. Ja, dass mir etwas Unersetzliches fehlen könnte, wenn sie nicht mehr um mich wäre.

Ich setzte mich vor das Fernsehgerät, in der Hoffnung, dass ein Film mich ablenken würde. Das hatte ich schon lange nicht mehr getan. Ich war erschöpft und döste nach ein paar Sequenzen ein.

Weit nach Mitternacht erwachte ich und wollte ins Bett gehen. Als ich ins Schlafzimmer kam, standen die Türen des Kleiderschranks weit offen, als hätte Amelie die Wohnung fluchtartig verlassen. Mein Blick fiel auf die dicke, grüne Aktenhülle, die im obersten Fach lag. Ich nahm sie heraus, öffnete sie und fand mehr als fünfhundert Seiten mit Mailbotschaften, die Amelie und Paul einander geschrieben hatten. Die Mails waren nur so hin und her geflogen. Mit schwindelndem Kopf durchblätterte ich den Stapel.

An einer zufälligen Stelle im ersten Drittel des Konvoluts hielt ich inne. Um 10.20 Uhr hatte Paul geschrieben, dass er sich sehr heftig nach ihrem willigen Körper sehne. Vielleicht war ihr das zu viel, sie ließ ihn warten. Doch Paul wollte nicht warten und fragte binnen zwei Minuten, warum sie sich nicht melde.

Ich war plötzlich wieder hellwach und blätterte mit zunehmender Bitternis in den Beweisen eines planvollen Ehebruchs. Aber war es wirklich so? War sie wirklich so egoistisch und abgebrüht, wie es den Anschein hatte? War sie wirklich bereit, all das hinter sich zu lassen, von dem sie einmal gesagt hatte, dass ihr nichts wichtiger sei als die Familie, weil sie sich ein Leben ohne mich und die Kinder nicht mehr vorstellen könne?

Ich habe damals, als sie das zum ersten Mal gesagt hatte, eine so intensive Nähe zu ihr verspürt, dass ich sie minutenlang mit meinen Armen umklammerte, gewissermaßen um sie fühlen zu lassen, dass auch ich mir nicht vorstellen könne, dass wir jemals verschiedene Wege gehen würden.

Und das sollte jetzt alles nicht mehr gelten? War es vielleicht doch anders, war Amelie in diese Geschichte nur hineingeschlittert? War aus einer Nacht mit Paul mehr geworden, und wurden diese Nächte immer verlockender, sodass sie Vergangenheit und Zukunft aus dem Blick verlor? Je länger ich las, umso trauriger und fassungsloser wurde ich. Ich fragte mich: Stammt das wirklich von deiner Frau, was du da gelesen hast, und ist es wirklich dein Freund, der dich da hintergangen hat?

Als der Tag anbrach, war mein Selbstbewusstsein auf einem Tiefpunkt. Ich wusste nicht mehr, was ich glauben sollte. Wohl aus diesem Gefühl heraus und schwankend zwischen Wut und Trauer tat ich etwas, wofür ich mich später bei Amelie entschuldigen sollte und das unverzeihlich ist: Ich verschaffte mir an diesem Vormittag über Amelies Passwort Zugang zu ihrem Mail-Account.

Ich erinnere mich an das schale Gefühl, nun selbst zum Einbrecher, zum Zerstörer unserer Vertrautheit zu werden, als ich im Schlafanzug mit vor Kälte schlotternden Beinen am Schreibtisch vor dem Computer saß. Ich konnte mir nun mithilfe der umfangreichen Korrespondenz in der grünen Kladde und der aktuellen Mails ein ziemlich genaues Bild von ihrer Liebe machen.

Noch während ich den Mail-Account öffnete, durchzuckte mich ein Gedanke: Alles löschen, nicht weiterlesen. Das macht dich fertig. Ich dachte daran, was für eine fatale Wirkung die Mails auslösen würden, wenn sie in die Hände unserer Kinder geraten sollten, auch wenn die schon erwachsen waren. Also sofort löschen, die Texte mit einem Mausklick ins Niemandsland befördern. Instinktiv spürte ich, dass es für mich ein Befreiungsschlag wäre, dass ich einen Absturz ins Bodenlose riskierte, wenn ich weiterlas. Doch ich hatte zu diesem Zeitpunkt noch nicht die Kraft, die Löschtaste zu drücken. Ich wollte wissen, was passiert war.

Schon im Frühjahr des Jahres hatte Amelie etwas mit Paul angefangen und die erotischen Heimlichkeiten mit strategischer Ausdauer fortgesetzt. Wann immer es ging, hatte sie ihn getroffen. Zu verstohlenen Küssereien, zu gemeinsamen Wandertouren und sicher auch zu mehr in den Hotelbetten Südfrankreichs.

Auf einem dieser Ausflüge hatte ihr Paul das Versprechen abgenommen, sie müsse, wenn er auf dem Sterbebett liege, seinen Kopf in die Hände nehmen, um ihm das Aus-der-Welt-Gehen zu erleichtern. So hat sie es mir später erzählt. In dem zwischen den beiden üblichen Tonfall hatte sie versprochen, dass sie in der Sterbestunde an seiner Seite sein werde. Sie übernehme diese Verantwortung gerne, und sie nehme sie ernst, das schwöre sie.

Schließlich gelangte ich beim hektischen Überfliegen der Mails zu den aktuellen Nachrichten. Fassungslos las ich die Zeilen, die Amelie von der Ostseeküste an Paul geschickt hatte. Da wurde mir klar, dass sie ein doppeltes Spiel spielte und mich über das wahre Ausmaß ihrer Affäre zu täuschen versuchte. Denn längst war sie weit über den Punkt hinaus, an dem sie das Liebesverhältnis hätte beenden können. Aber sie war auch in ein emotionales Aus geraten, als sie feststellen musste, dass Paul nicht, wie sie erwartet hatte, zu ihr eilte, um ihr Trost und Halt zu geben. Stattdessen war er nach Zürich gefahren, um mit Freunden den sechzigsten Geburtstag seiner Frau zu feiern.

Sie antwortete ihm, nicht verstehen zu können, warum er ausgerechnet jetzt nicht zu ihr komme, wo sie ihn so brauche. Seit Tagen würde sie ihn bitten, ihr zu helfen, ja, sie zu retten. Sie höre jetzt auf, ihm zu schreiben, weil sie ihn liebe und gerade das Vertrauen in ihre gemeinsame Zukunft verlieren würde.

Später hatte sie dem Klagebrief eine weitere Mail hinterhergeschickt. Die noch Stunden zuvor geäußerten Zweifel an Pauls Liebe, das ausweglos scheinende Durcheinander ihrer Gefühle waren im Verlauf der Nacht offenbar verblasst. Mit der temperamentvollen Kälte, über die sie sonst nur beim Disputieren gebot, teilte sie dem fernen Geliebten um vier Uhr morgens mit, bei allen Turbulenzen, denen sie ausgesetzt sei in diesen Tagen, wäre sie doch seltsam erleichtert, nicht mehr lügen zu müssen. Sie müsse ihn nun nicht mehr im Geheimen treffen, egal ob sie redeten oder sonst was trieben. Ich schiene nun begriffen zu haben, welch großer Liebe ich nach und nach werde weichen müssen. Sie würde mir gern Zeit geben, das zu begreifen …

Diese Sätze waren der Schlüssel zum Verstehen all dessen, was nun noch kommen sollte. Mir teilte sie gleichzeitig mit, dass ihr Herz nach wie vor heftig für mich schlage und wir gemeinsam nach einem Ausweg suchen sollten.

Drei Tage später kehrte Amelie von der Ostsee zurück. Aber sie kam nicht zurück zu mir. Sie wolle nur ein paar Sachen packen und plane, bereits am Abend in die Vaucluse weiterzufahren. Sie fuhr schon immer gerne in der Nacht.

Ich wartete auf den entscheidenden Satz: »Es ist aus mit Paul!« Doch sie erzählte mir von ihren langen Wanderungen am menschenleeren Strand und vom salzigen Wind, der sie richtig durchgepustet habe. Sie redete, und ich hörte wortlos zu. Sie machte nicht den Eindruck, als sei ihre emotionale Balance sonderlich gefährdet.

Sie stand auf und ging ins Badezimmer, um sich das Meersalz vom Körper zu duschen, wie sie sagte. Während sie die Kleider ablegte und sich unter die Dusche stellte, ließ sie die Tür offenstehen, als sei alles beim Alten. Seit ich sie kenne, war das ein Tick von ihr, ein liebenswerter.

Ich hantierte währenddessen in der Küche, denn ich wollte ihr noch eine Gemüsesuppe kochen, bevor sie Hamburg vielleicht für immer verließ. Während ich

Möhren und Sellerie putzte, rasten die Fragen durch meinen Kopf, die ich ihr stellen wollte.

Beispielsweise, ob ihr denn die Liaison so wichtig sei, dass ihre Familie darüber zerfalle. Ob sie keine Skrupel habe, mich mit meinen achtzig Jahren einfach im Regen stehen zu lassen, und dergleichen mehr. Aber die Selbstsicherheit, mit der sie sich seit ihrer Rückkehr von der Ostsee bewegte und ihre Sätze formte, verunsicherte mich so stark, dass ich zunächst kein Wort herausbrachte.

»Warum hast du nicht den Mut gehabt, mir die Wahrheit ins Gesicht zu sagen?«, fragte ich schließlich, als wir uns am Tisch gegenübersaßen.

»Ich hatte Angst vor dir, und Paul wollte es auch nicht. Und dann ist die Sache aus dem Ruder gelaufen, ist für uns immer wichtiger geworden. Ich bereue nicht, was ich getan habe, ich bereue nur, wie ich es getan habe.«

Immerhin gelang es mir, ihr zu entgegnen, dass sie sich mit genau jenem Mann verbunden habe, von dem sie im vergangenen Sommer noch behauptet hatte, nie könne sie mit so einem Mann wie Paul etwas anfangen.

Das war an einem dieser Juli-Tage des nicht enden wollenden Sommers gewesen mit seiner sengenden Sonne und dem roten Sahara-Sand, den der Wind über das Mittelmeer nach Südfrankreich wehte. Da war sie schon über vier Monate mit ihm liiert gewesen. Paul hatte in unserem Gäste-Apartment Quartier bezogen. »Ich bin nicht gern allein, ich wohne lieber bei euch, wenn es euch nichts ausmacht.«

»Paul, du bist uns immer willkommen, das Haus ist ja groß genug«, hatte Amelie gesagt.

Paul war an diesem Tag von einer Wandertour, die er am frühen Morgen begonnen hatte, zurückgekehrt und hatte sich derangiert und in voller Montur gleich an den gedeckten Mittagstisch unter den Sonnenschirm gesetzt. Es waren Gäste geladen, die ihn gerne kennenlernen wollten. Die Unterhaltung verlief eintönig und kam über ein paar Floskeln nicht hinaus. Das lag zum einen an Pauls Desinteresse an unseren Besuchern, zum anderen an dem sportlichen Aufzug, in dem er bei Tisch erschienen war.

Amelie richtete sich in ihrem Sitz auf, als wolle sie protestieren gegen das, was ich ihr da ins Gedächtnis zurückrief. Aber dann zuckte sie doch nur mit den Schultern, als gehe sie das alles nichts mehr an. Sie wandte sich ihrem Teller zu, den ich auf den runden Esstisch gestellt hatte. Die Suppe war versalzen, und der Chianti, den wir dazu tranken, schmeckte mir überhaupt nicht, obwohl ich diesen Rotwein seiner Herbheit wegen besonders schätzte.

Ich spürte, dass ich nicht mehr die Kraft hatte, mich dem Gang der Dinge zu widersetzen. Ich fühlte mich müde und sehr alt. Amelie schien entschlossen, den Weg, den sie eingeschlagen hatte, weiter zu gehen. Die Treulosigkeit gewissermaßen zu legalisieren, indem sie ihr Verhältnis mit Paul zu einer Größe stilisierte, die mich fassungs- und verständnislos machte.

»Er hat mir die Tür zu einer Welt geöffnet, von der ich bisher nichts ahnte«, begann sie.

Als ich wissen wollte, was sie denn in dieser neuen Welt erlebe, schaute sie mich mit einem argwöhnischen

Blick an und antwortete: »Licht und Freiheit. Ich schwebe auf einer Wolke dahin.«

Ich schaute sie entgeistert an. Mir schien, als habe diese Amour fou ihr den Verstand verdunkelt. Dennoch durchzuckte mich ein gewaltiger Selbstvorwurf. War denn ihr Leben an meiner Seite so eng, so unfrei, so holprig, dass sie ihren Ausbruch damit rechtfertigen konnte?

»Du warst in letzter Zeit sehr verschlossen, in dich gekehrt und melancholisch. Manchmal habe ich dich nicht mehr erreicht. Aber das war es nicht, was mich in Pauls Arme getrieben hat.« Amelie war inzwischen vom Tisch aufgestanden und räumte ein paar Sachen zusammen, die sie mit in die Vaucluse nehmen wollte. Ich stand im Türrahmen und hörte zu. »Ich bin doch so viel jünger, ich fühle mich mit fünfundfünfzig wenigstens so, ich wollte noch einmal etwas erleben. Ich hatte es gut bei dir, ich hatte alles. Aber ich wollte meinem Leben einen Kick geben, und nun ist mehr daraus geworden.« Während Amelie nach immer neuen Rechtfertigungen suchte, hockte ich im Wohnzimmer in einem der breiten Sessel, krumm vor Kummer.

Als das Schloss der Wohnungstür zuschnappte, erwachte ich wie aus einer bleiernen Ohnmacht. Es lag eine nicht zu beschreibende Enttäuschung in meiner Stimme, als ich vor mich hinmurmelte: »Das war's.«

Amelie brach in ein neues Leben auf, in dem es für mich keinen Platz mehr gab.

4

Nachdem Amelie die Tür hinter sich zugeschlagen hatte, kam mir der schreckliche Gedanke, dass sie vielleicht schnurstracks nach München fahren würde, zu Paul. Sie hatte vage angedeutet, dass sie eine Klärung herbeiführen wolle. Mir aber schien schon alles geklärt zu sein.

Ich hatte die Nachttischlampe längst ausgeknipst, als mich der Piepton des Telefons aufschreckte. Es lag auf dem Bett, auf Amelies Seite. Auf dem Display sah ich die Uhrzeit, es war drei. Dann las ich, dass sie erst in Würzburg war. Obwohl sie eine schnelle Fahrerin war und Geschwindigkeitsbeschränkungen sie nicht besonders beeindruckten, schien sie nicht voranzukommen. »Ich muss immer wieder Pausen einlegen, so sehr hat mich mitgenommen, was ich dir angetan habe, ich spüre meine Schuld, sie lastet immer noch auf mir«, ließ sie mich von der Autobahn aus wissen. Immerhin war meine Vermutung richtig, dass sie nicht auf dem schnellsten Weg nach Südfrankreich war, sondern auf dem über München.

In den folgenden Tagen hielt ich es in der Wohnung kaum aus. Ich verbrachte, wenn ich nicht gerade unterwegs war, viel Zeit in einem Café, das nur wenige Schritte entfernt liegt. Ich war ganze Nachmittage dort und ging so spät wie möglich nach Hause. Oft versteckte ich mich hinter einer Zeitung. Die Artikel las ich so fahrig, dass ich am Ende nicht mehr wusste, was am Anfang gestanden hatte. Dabei bemerkte ich, dass etwas mit meinen Augen nicht stimmte, die Buchstaben verflossen so, dass ich sie oft nur schemenhaft wahrnahm. Auf diese Weise verdämmerte ich die Stunden und glitt mehr und mehr in jene depressive Stimmung hinein, die mich nicht mehr losließ.

Morgens, wenn ich aus dem Schlaf hochfuhr, hatte ich Amelies Bild vor mir. Sehnsucht, die in eine elende Leere führte, überkam mich. Mit einem Sprung unter die kalte Dusche versuchte ich diesen Alb zu vertreiben. Oft genug gelang es nicht, oft genug versank ich in einer vollkommenen Regungslosigkeit. Ich blätterte die Morgenzeitung durch, ohne ein Wort zu lesen, ich spielte eine CD ab, ohne die Musik wahrzunehmen.

Lediglich Nachrichten auf dem Mobiltelefon, das immer griffbereit lag, rissen mich aus dem Dämmerzustand. Das Pling-Pling, das sie ankündigte, versetzte mich in ein freudiges Erschrecken. In der verzehrenden Hoffnung, es werde sich alles wenden, hangelte ich mich von einer Nachricht Amelies zur nächsten. Manche las ich übereilt, sie klangen dann wie Musik, doch beim gelasseneren Wiederlesen waren es auch nur Worte. Andere Anrufe nahm ich zwar wahr, drückte sie aber weg, wenn sie mir ungelegen kamen. Schließlich sollte die Leitung für Amelies Mitteilungen frei bleiben.

Wenn ich spätabends nach Hause kam, blieb ich im Flur stehen und betrachtete die Fotos, die dort auf der alten Kommode standen, die ich in die Ehe mitgebracht hatte. Es waren Fotos aus der Zeit, als unsere Kinder noch klein gewesen waren, vielleicht drei und fünf. Amelie, die junge Mutter, hat Franz an der Hand, der stolze, aber merklich ältere Vater trägt Anna im Arm. Ein anderes Foto von unserer Hochzeitsreise nach Long Island zeigt eine glückstrahlende Amelie, deren Kontur mit dem Meer verschwimmt, an dessen Strand sie entlanggeht.

War das die Frau, mit der ich gelebt, die ich geküsst, mit der ich Kinder gezeugt und vor der ich mein Innerstes ausgebreitet hatte? Jetzt glaubte ich einen Anflug von Heimtücke in ihren Zügen um die Mundwinkel zu erkennen, etwas Verschlagenes, Süffisantes. Ich bekam die Beobachtung nicht richtig zu fassen, sie irritierte mich bis in den Schlaf hinein.

Sie war gegangen. Plötzlich war alles ganz anders. Mich quälte die Vorstellung, dass Amelie die letzte Frau in meinem Leben bleiben würde. Bei einer anderen Frau würde ich die Selbstverständlichkeit unseres Umgangs miteinander vermissen, im Alltag und auch in den entspannteren Stunden, die Unbefangenheit und Leichtigkeit beim Sex, ich würde einfach einen Menschen vermissen, ohne den ich unvollständig war.

Der heimliche Zugang zu Amelies Mail-Account war mir inzwischen schon zur Gewohnheit geworden. Ich kämpfte nachts, ich kämpfte bis in die Morgenstunden dagegen an – und fand mich doch jedes Mal frierend und im Bewusstsein, die eigene Würde verloren zu haben, im Dämmerlicht vor dem Computerbildschirm wieder. Manchmal ging ich nach der erschlichenen Lektüre leer und doch wie erlöst ins Bett zurück, wo ich in einen besinnungslosen Schlaf fiel.

Paul hatte eine Reise nach Rom abgesagt, so las ich wie gegen meinen Willen, wo er das Orchester der RAI dirigieren sollte. Eine fiebrige Angina hindere ihn am Auftritt. Stattdessen nahm er Amelie in München in Empfang. Da besaß Amelie schon einen Schlüssel, damit sie die im Parterre gelegene Wohnung im Bogenhausener Villenviertel auch ohne Verabredung betreten konnte.

Sie redeten viel, über sich und mich, trafen Verabredungen und planten offensichtlich auch das taktische Vorgehen für die nächsten Wochen, wenn nicht gar für eine gemeinsame Zukunft.

Wenn ich ihre Korrespondenz las, überkamen mich Hilflosigkeit und Zorn. Dann konnte es geschehen, dass ich wild vor mich hin schimpfte. In solchen Augenblicken hatte ich nur noch Verachtung für Amelie und Paul übrig, dann war ich kalt und distanziert. Aber es waren eben nur Augenblicke in einem Tagesablauf voller depressiver Schübe. Eine nicht zu bändigende Nervosität hinderte mich daran, mich auf meine Arbeit zu konzentrieren, und trieb mich von einer Ecke der Wohnung in die andere.

Ich sollte ein Konzert mit einer berühmten Sopranistin moderieren. Ich weiß nicht mehr, wie viele Anläufe es mich kostete, bis ich einige Fragen in holprigen Sätzen zu Papier gebracht hatte. Die Zugfahrt nach Kassel erlebte ich wie in einem düsteren Traum. Ich nahm mir ein Taxi zum Hotel und vergaß meinen Koffer, den der Fahrer mir dann hinterhertrug.

Ich legte mich auf das Bett und versuchte mit geschlossenen Augen die Fragen zu ordnen, die ich vorbereitet hatte und die in meinem Kopf wild hin und her flatterten. Ich bekam die Gedanken nur schwer zusammen, denn ich lauerte auf jenen Piepton, der den Eingang einer Mail von Amelie ankündigte.

Er blieb aus. Als ich die paar Schritte vom Hotel zum Theater ging, kam es mir vor, als schwankte der Boden unter meinen Füßen, denn der Kreislauf war, wie auch meine Stimmung, auf einem Tiefpunkt.

Mit der professionellen Routine, die ich mir in den vielen Berufsjahren angeeignet habe, brachte ich das Gespräch hinter mich, das ich zu Beginn des Konzertes mit der Sängerin führte. Sobald ich konnte, stellte ich mein Handy wieder ein und sah, dass Amelie geschrieben hatte.

Noch auf dem Weg ins Hotel begann ich auf meinem Mobiltelefon zu lesen. Es war ein langer und ausführlicher Brief, der für ein paar Sekunden mein Misstrauen weckte. Versteckten sich hinter der Detailgenauigkeit und den ungewohnt klaren Worten etwa neue Lügen und Manipulationen?

Was beide, Paul und sie, besprochen und fest vereinbart hätten, solle meine Seelenruhe wieder herstellen. Sie habe die Basis meiner Liebe, meiner Zuneigung und unsere Familie niemals auch nur eine Sekunde lang infrage gestellt, nie habe der Boden, auf dem unsere Ehe steht, gewankt. Und das sei bis zum heutigen Tag so geblieben. Dass sie dennoch diesem Abenteuer mit Paul zugestimmt habe und es nach und nach Raum in ihrem Leben eingenommen hat, täte ihr leid.

»Ich habe deine Gefühle nie missachtet, sondern vielleicht die Situation falsch eingeschätzt, weil ich annahm, meine dazugewonnene Freude würde auch uns, auch dir zugutekommen«, schrieb sie.

Das war eindeutig. Die Glücksmomente mit Paul sollten auch unsere Beziehung befeuern. In lichteren Momenten hätte ich sicher das Zweideutige begriffen, das in diesen Worten steckte.

Weil ich eine Entscheidung verlangt hätte, fuhr sie fort, habe sie gehandelt. Sie habe Paul erklärt, dass sein Glück mit ihr und ihr Glück mit ihm immer nur ein Glück gewesen wäre, das auf dem Unglück einer zerbrochenen Familie fuße und daher wacklig und äußerst brüchig sei. Sie habe nicht viel sagen müssen, denn Paul sei selbst darauf gekommen, die Sache zu beenden, jedenfalls den Teil ihrer Freundschaft, der meine Eifersucht erregt. Sie hätten sich ganz ehrlich und hundertprozentig einvernehmlich geschworen, das sexuelle Abenteuer ihrer Beziehung ab sofort einzustellen. Sie seien absolut einer Meinung, dass dieser Verzicht unabdingbare Voraussetzung dafür sei, dass unsere Ehe fortgeführt werden könne, und sie seien sich ebenso einig darin, dass sie das schaffen werden. Da die Erotik nie die treibende Kraft ihrer Beziehung gewesen sei, fiele es ihnen leicht, ihre Beziehung in eine Freundschaft zu transformieren. Die allerdings sei und bleibe ihnen wichtig, doch diese Freundschaft solle mich, ebenso wie vorher ihre Liebe, nicht beunruhigen, denn die Zufriedenheit, die sie daraus ziehe, übertrage sich eins zu eins auf unsere Ehe.

Die Adern an meinen Schläfen pochten heftig. Konnte das wirklich sein? Würden sie ihre Beziehung einfach so beenden, nach allem, was zwischen den beiden gewesen war? Sollte alles so leicht sein?

Als ich im Hotelzimmer die Mail nochmals las, war mein erster Impuls: den Koffer packen und mit dem nächsten Flugzeug nach Südfrankreich fliegen, wo Amelie in unserem Haus war. Doch dann entdeckte ich ein Postskriptum, das ich in meiner Erregtheit übersehen hatte und mit dem Amelie ihrem Brief ein »kleines Aber«, wie sie es nannte, hinzufügte.

Sie habe Paul seit Langem versprochen, ihn noch in diesem November nach Paris zu begleiten. Dort werde er im Elysee für seine Verdienste um Gustav Mahler geehrt. Im Anschluss daran wolle sie mit ihm ein paar Tage wandern: Für diese Treffen bitte sie um meine Zustimmung. Ich könne sicher sein, dass sie, was ihre erotische Abstinenz angehe, Wort hielten.

Diese letzten Sätze machten alles zunichte. Wie konnte sie mir erst etwas versprechen und dann das verlangen?

Den größten Teil der Nacht verbrachte ich in einem Zustand zwischen Wachen und Schlafen. Meine Gedanken kehrten immer wieder zu den Sätzen über die Reise nach Paris zurück. Bilder aus Sardinien tauchten auf und jene, die ich mir von ihrem Aufenthalt im Elsass gemacht hatte: Paul wirft Amelie aufs Bett, entkleidet sie …

Diese Fantasien vermischten sich mit Träumen, in denen ich vor Amelie kniete und ihren Körper streichelte. Allmählich entglitten mir die Bilder, und ich musste in einen dumpfen Schlaf gefallen sein, aus dem mich der Ton einer ankommenden Nachricht hochschrecken ließ. Das Glas mit Wasser, das ich auf den Nachttisch gestellt hatte, kippte um, als ich nach dem Telefon griff. Mit noch verschwommenem Blick begann ich eine Mail von Paul an mich zu entziffern.

Amelie sei heute bei ihm gewesen. Sie hätten am Vormittag lange über die Situation gesprochen. Sie habe ihm anvertraut, dass für mich der Gedanke an sexuelle Näherungen zwischen ihnen zu schmerzlich sei. Sie hätten beschlossen, künftig darauf zu verzichten. Amelie und er hätten sich heute versprochen, vor Gott und den Menschen, dass sie nie mehr etwas tun würden, was nicht meine Zustimmung hätte.

Ich sah ihn vor mir, wie er die Hand zum Schwur erhob. Weder das Pathos der Formulierung noch, dass der bekennende Atheist Meissenberg Gott anrief, machten mich stutzig. Mein Hirn als kritische Instanz hatte ich wohl abgeschaltet.

Ich trat ans Fenster und öffnete die Vorhänge. Ein milchiger Horizont ging allmählich in das silbrige Flimmern eines hellen Herbsttages über. Ich las im Stehen die Mail noch einmal, erleichtert darüber, dass sich der Freund – wir kannten uns seit über zwanzig Jahren – offensichtlich besonnen und die freundschaftlichen Gefühle zu mir, von denen er schrieb, dass sie tief empfunden seien, das amouröse Abenteuer besiegt hatten.

Glaubte ich wirklich, was ich gelesen hatte, sowohl in Pauls wie auch in Amelies Briefen? Es schien mir, als ob nun wieder alles möglich sei, dass man dort anknüpfen könne, wo der Bruch entstanden war, dass es nur einer reinigenden Aussprache bedürfe, um das alte Vertrauen wieder herzustellen.

Ich gab mir selbst das Versprechen, nie mehr in den Mail-Verkehr der beiden einzubrechen.

Noch im Zug nach Hamburg schien mir meine Zukunft nicht mehr gar so düster wie noch ein paar Tage zuvor. Ich sah den berühmten Hoffnungsschimmer am Horizont der vorbeifliegenden Landschaft, über die meine Augen wanderten.

Am Nachmittag, wieder daheim in Hamburg, sortierte ich die Post und öffnete den Computer. Dann klingelte das Telefon. Amelie erkundigte sich danach, wie es mir gehe – das tat sie immer –, ob ich nachts ohne Tabletten schlafen und tagsüber gut arbeiten könne. Sie erzählte davon, dass der Alltag sie bereits wieder eingeholt habe, dass sie abends in den Kaminen im Wohnzimmer und der Küche mächtig heize, weil das Haus sehr kalt sei. »Wir waren ja seit September nicht mehr hier.« Und dann gab sie den Inhalt einer Mail wieder, die Paul ihr geschrieben hatte und in der er eine Art Resümee unserer Freundschaft nach den Gesprächen in München gezogen hatte.

Ich hätte in seinem Inneren nun Vorrang, weil er seine Schulden bei mir nicht ausgeglichen habe. Die aber würden ihn sehr belasten. Vielleicht müsse das so sein, damit er seine Selbstachtung nicht ganz verliere. Am wichtigsten sei es jetzt, jeden Gedanken an zerstörerische Gesten auszuschließen, daher akzeptiere er ihre Abstinenz … Er sei, wenn er an mich denke, so unglücklich wie nie zuvor in Bezug auf einen Mann und guten Freund. Er wolle um nichts in der Welt ein Betrüger sein. Dann fragte er, ob sie ihm glaube, dass er mich als Freund betrachte und dass mein Kummer der seine sei.

»So denkt Paul, und ich denke, das sollst du wissen.« Mit diesen Worten und ein paar guten Wünschen beendete Amelie das Telefonat.

Ich ging zur Flügeltür, die zum Balkon führt, und riss sie weit auf, obwohl draußen der Regen gegen die Scheiben schlug. Ich trat ins Freie. Ich brauchte Luft. »Nein, das kann nicht gelogen sein«, sagte ich mir. Hatte ich mich in ihm, meinem Freund, hatte ich mich in meiner Frau doch getäuscht? Hatten sie ihre Affäre tatsächlich beendet und in eine Freundschaft überführt? Und lag ein Teil der Verantwortung bei mir? Ich war achtzig, fast drei Jahrzehnte älter als Amelie. Hatte ich ihre Bedürfnisse vernachlässigt? Ich beugte mich über das Geländer und schloss die Augen.

Das Handy piepte. Als hätte sie meinen Zweifel geahnt, schickte mir Amelie ein Postskriptum zu ihrem Anruf. »In meinem Alter hattest du ebenso große Lust aufs Leben, wie ich sie nun habe. Kannst du dir nicht vorstellen, dass ich ein wenig Auslauf brauche? Ich hatte selbst in den Monaten meines Doppellebens nie das Gefühl, dass dir dadurch meine Zuneigung verloren gegangen wäre. Ich hätte dich gerne auf meine Höhenflüge mitgenommen. Mir sind in den Monaten, in denen ich dich betrogen habe, Flügel gewachsen.«

Seit ich aus dem aktiven Berufsleben ausgeschieden war, so las ich weiter, sei ich oft trüber Stimmung gewesen, und der habe sie entfliehen wollen, um nicht mit hinabgerissen zu werden in das dunkle Loch. »Paul hatte, wenn du es wissen willst, leichtes Spiel mit mir.«

Es war das erste Mal, dass Amelie in dieser Deutlichkeit darüber sprach, was sie an mir vermisste und bemängelte und was sie wohl auch zur Rechtfertigung ihres Ehebruchs sagen musste. Aber es waren Sätze, die mich erschreckten.

Lange ging ich auf dem Balkon auf und ab. Manchmal fiel mein Blick auf vorüberfahrende Autos, einmal winkte mir jemand zu, den ich nicht erkannte. Vielleicht sprach ich vor mich hin. Ich las noch einmal ihre Nachricht. Ich wiederholte Worte und ganze Sätze und sah in den Abgrund, an den sie mich führten. Eine Unterhaltung aus früheren, unbeschwerten Tagen, die mir nie aus dem Kopf gegangen war, brachte mich auf eine andere Spur.

Amelie hatte darüber gesprochen, sie müsse ja damit rechnen, dass ich vor ihr sterbe und dass sie dann möglicherweise über viele Jahre hinweg alleine sei. Das mache ihr Angst.

Ich glitt aus und bekam im letzten Moment das Geländer zu fassen. Erst jetzt bemerkte ich, dass mir vor Kälte die Zähne aufeinanderschlugen. Ich ging wieder in die Wohnung zurück.

Am nächsten Morgen machte ich wie üblich zwanzig Liegestütze und doppelt so viele Kniebeugen. Dann stellte ich mich unter die Dusche. Ich bereitete mir ein Frühstück zu und saß am Küchentisch, den Kopf in die Hände gestützt, unfähig, etwas von dem zu essen, was vor mir stand.

War ich in den letzten Jahren unserer Beziehung wirklich derart trübsinnig durch die Tage gestolpert, wie Amelie behauptete? Hatte ich mich wirklich in mich verkrochen und tagelang nicht geredet? Hatte ich wirklich keinen Blick mehr für ihren Liebreiz? War ich ihrer zu sicher gewesen? Warum, so fragte ich mich, während ich lustlos in meinem Rührei stocherte, hatte Amelie mich nicht zur Rede gestellt, als ihr das Leben mit mir zu langweilig wurde?

Dann fiel mir ein, wie ich ihr ein großes Fest zu unserem silbernen Hochzeitstag ausgeschlagen hatte, nicht gerade mit einem sinnvollen Argument: »Das geht doch nur uns beide etwas an«, hatte ich gesagt.

Das war nicht sonderlich zartfühlend gewesen, wie ich jetzt einräumen musste. Statt einer Feier mit vielen Menschen hatte ich sie in das Restaurant im Hamburger Hafen eingeladen, wo wir den Abend vor unserer ersten gemeinsamen Nacht verbracht, unsere erste Reise geplant und später erstmals über unsere Hochzeit gesprochen hatten.

Später am Abend war dann noch ein befreundetes Ehepaar dazugekommen. Der Freund war der Trauzeuge bei unserer Hochzeit gewesen. Es wurde also doch noch ein kleines intimes Fest. Ich rechnete nach: Schon kurz danach musste die Affäre von Paul und Amelie angefangen haben.

Widerwillig räumte ich das Geschirr mit dem fast unberührten Frühstück ab und ging zum Telefon.

Ich rief Alexander an, der an dem Abend dabei gewesen war. Ich fragte ihn, ob er mich in den letzten Jahren als einen grummeligen, depressiv gestimmten Menschen erlebt hatte. Er musste es eigentlich wissen, denn er war häufig unser Gast in Südfrankreich gewesen, wo es, wie er sich ausdrückte, stets fröhlich zugegangen sei.

Nein, von Trübsal oder niedergedrückter Stimmung könne in Bezug auf unsere Ehe keine Rede sein. Ausgelassen, ja, ausgelassen seien unsere vielen gemeinsamen Abende gewesen. »Aber warum fragst du?«

Ich erzählte ihm alles, ohne Pauls Namen zu erwähnen. Am Ende zitierte ich aus den Briefen, in denen Amelie und ihr Liebhaber mir versprochen hatten, ihre erotische Affäre einzustellen.

»Du sprichst von Paul, nicht wahr?« Er kannte ihn gut. Ihre Gesichter waren dann und wann bei Disputen gemeinsam im Fernsehen zu sehen gewesen. »Pass auf, dass du nicht das Opfer eines Verstellungsmanövers wirst.« Es war ein Rufen, mit dem der Freund mir die Augen öffnen wollte. Aber es war ein Rufen in der Wüste.

Ich stellte den Koffer beiseite, den ich nachher packen wollte. Ich war wieder unschlüssig geworden, ob ich wirklich zu Amelie nach Südfrankreich fahren sollte. Die Grübelei – soll ich, soll ich nicht? – brachte mich im Laufe eines langen Vormittags in einen Zustand stummer Verzweiflung. War es nicht besser, sie alleine zu lassen, bis sie sich gefangen hatte? Und die Dinge etwas klarer geworden waren?

Aber dann schrieb ich doch: »Ich könnte mich übermorgen ins Flugzeug setzen und zu dir kommen. Oder willst du allein bleiben?« War sie überhaupt allein?, schoss es mir durch den Kopf.

»Ja, ich bin gern für mich«, schrieb sie zurück. Sie brauche Zeit zum Überlegen, aber wir müssten ja auch miteinander reden, also solle ich kommen.

Am Abend in den Fernsehnachrichten wurde ein Streik der Lufthansa-Piloten für die kommende Woche angekündigt. Ich überlegte deshalb, ob es nicht besser wäre, schon am nächsten Tag zu reisen. Ich war bereits am Buchen, als jene Erkältung spürbar wurde, die ich mir womöglich während meines unvernünftig langen Aufenthaltes auf dem Balkon im Schneeregen eingefangen hatte. Ich bekam Fieber. Ich ließ alles liegen und ging ins Bett. Ich schluckte Aspirin und machte mir kalte Wadenwickel.

Am nächsten Morgen fühlte ich mich besser, und auch der Streik war in letzter Minute abgesagt worden. Ich hatte mich reichlich mit Medikamenten versorgt und schleppte mich zum Flughafen, wo es lärmend und fröhlich zuging, was mit einem Wanderverein zu tun hatte, der mit mir nach Nizza reiste.

Amelie wartete gleich neben der Drehtür, durch die ich in die Halle kam. Sie trug diesen schwarz-weiß gemusterten Mantel, der ihr so gut steht. Die blonden Haare, in die ich mich vor vielen Jahren verguckt hatte, als ich Amelie erstmals wahrnahm, waren kürzer geschnitten, und die kleinen Falten im Gesicht, die vom vielen Lachen und nicht vom Altern kamen, waren unübersehbar. Das habe ich immer besonders an ihr gemocht: die helle Stimme und das »blonde« Lachen, wie ich es genannt habe.

Sie hat das Leben eigentlich immer von der heiteren Seite genommen. Und wenn sie einmal niedergeschlagen war, dauerte es nie lange. Es war ihr Strahlen, mit dem sie die Menschen für sich einnahm. So war es offensichtlich auch mit Paul gewesen, der, als alles noch im Lot war, ihr »sonniges Gemüt« mehrfach erwähnt hatte.

Die Begrüßung auf dem Flugplatz war knapp, eine kurze Umarmung, ein hingehauchter Kuss. Ich mag es nicht, wenn Menschen in der Öffentlichkeit intim werden. Während der Autofahrt hatte ich ihren Duft in der Nase, wir redeten nicht viel, vor allem nicht über das, was uns auf den Seelen lag.

Als das schmiedeeiserne Tor sich öffnete und der Wagen über den knirschenden Kies rollte, sagte sie: »Wenn du schweigen willst, hättest du nicht kommen müssen. Du willst mich damit wohl strafen«, aber sie lasse sich damit nicht erpressen.

Und dann: Sie habe doch nur getan, was Millionen Frauen vor ihr getan hätten, und schließlich hätte auch ich ihretwegen eine Ehefrau sitzen lassen. »Du musst endlich akzeptieren, dass sich nach fast dreißig Jahren eine Beziehung verändert, aber das muss keine Bedrohung sein.«

Ich biss die Zähne zusammen, um nicht in einen Dialog hineingezogen zu werden, dem ich mich in meinem angegriffenen Zustand nicht gewachsen fühlte.

»Wie kann ich dir nur klarmachen, dass Wanderausflüge, Gespräche und der Briefwechsel mit Paul dir keine Angst machen müssen, weil du selbst stark und liebenswert genug bist, dass ich niemals in Versuchung käme, dich zu verlassen.«

Das klang nicht unvernünftig und sogar verheißungsvoll. Aber war es die Wahrheit? Ich ließ es einstweilen auf sich beruhen. Es wurde ein ruhiger Abend bei Rotwein und Käse. Amelie vertiefte sich in ein Buch. Ich blätterte in der Zeitung und wartete, dass die Zeit verging.

Nur einmal wurde die Ruhe vom Schrillen des Telefons unterbrochen. Amelie ging ins Nebenzimmer und nahm ab.

Ich hörte sie sprechen, es war eher ein Flüstern zwischen langen Pausen.

Der Mistral hatte zugelegt und rüttelte an den Fensterläden, als wir uns ins Bett legten.

Am nächsten Morgen tobte der Sturm mit unverminderter Stärke ums Haus. Er hatte die Wolken weggefegt und der bleichen Wintersonne Platz gemacht. Ich ging die Treppe hinunter in die Küche. Das war jahrelang mein gewohnter Gang gewesen, morgens, wenn das Haus noch still war und im Sommer nur das stolze Kikeriki der Hähne hereindrang, bevor das Zwitscherkonzert der Vögel begann. Jetzt war das Geraschel von welken Platanenblättern zu hören, die der Wind in die Luft wirbelte.

Ich entfachte in der Glut des gestrigen Abends das Kaminfeuer und setzte die Kaffeemaschine in Gang. Mein Blick wanderte dabei über die Regale. Zwischen zwei Tassen entdeckte ich ein rotes Heft, das ich noch nie gesehen hatte. Ich blätterte darin. Es waren Termine für Dirigierverpflichtungen, Bonmots, Aphorismen, alles durcheinander. Tagebucheintragungen. Es war Pauls Schrift.

Unter dem Datum von vorgestern stand etwas von einer Liebesnacht und den möglichen Spuren, die sie hinterlassen haben könnte. Hinter der Eintragung war ein Sternchen, das auf eine Fußnote verwies, die in einer anderen Schrift hingekritzelt war.

Es war Amelies Schrift: »Wollten wir nicht enthaltsam sein?«

Als ich das las, wurde mein Atem flach, und vor den Augen flimmerte es. Eine seltsame Kraftlosigkeit überkam mich, als mir klar wurde, dass ich in eine Falle getappt war. Ich spürte mein Alter und musste mich setzen.

Amelie und Paul hatten ganz offensichtlich gar nicht vorgehabt, ihre erotische Beziehung von heute auf morgen zu beenden, wie sie es geradezu beschwörend beteuert hatten. Und dann lag auch noch dieses Buch hier. Das konnte doch nur Absicht sein! Wollte Amelie mir vor Augen führen, wie es wirklich um Paul und sie stand? Wollte sie mich demütigen? Die Gedanken in meinem Kopf überschlugen sich, betäubten mich. So ist es wohl, dachte ich mir, wenn man stirbt.

Ich ließ mich auf einen Stuhl am Frühstückstisch fallen, unfähig, mich zu rühren. Ein Wutausbruch wäre angemessener gewesen. Alles kurz und klein schlagen, was mir in die Hände fällt. Die Fotos, die mich und Amelie zeigten, in den Kamin werfen, den Computer hinterher.

Amelie kam aus dem Schlafzimmer herunter in einem ihrer schönen seidenen Nachthemden mit blessiertem Kragen.

»Danke für den Kaffee.«

Sie nippte an der Tasse und nahm ein paar Bissen des aufgewärmten Croissants zu sich. Sie wollte wissen, ob ich heute im Garten arbeiten würde und ob es dazu nicht zu kalt sei. Ich reagierte nicht auf ihre Fragen, sondern wandte mich ab. Es entstand eine drückende Stille.

Sie wurde wütend, stand vom Tisch auf und fluchte im Weggehen. Ich verstand nur, dass ich nichts dazugelernt hätte.

Ich fand meine Stimme wieder: »Bleib doch noch einen Moment sitzen, ich muss dich etwas fragen.«

Sie kam zurück. Auf die Frage, ob Paul hier übernachtet habe, bevor ich gekommen war, wich sie zunächst aus. »Wie kommst du darauf?«

»War er hier oder nicht?«

Ihre Augen hatten das zornige Funkeln angenommen, das ich von den Momenten kannte, in denen sie sich in die Ecke gedrängt fühlte. Ihre Stimme war spitz und entschlossen, als sie mir an den Kopf warf: »Ja, er war hier, und weil du es offensichtlich unbedingt wissen willst: Ich werde nicht freiwillig auf die Erotik mit Paul verzichten. Da mach dir nichts mehr vor.«

Ich sackte in mich zusammen.

Das war der Augenblick, der die Jahre unseres gemeinsamen Lebens radikal in Frage stellte. Hatte sie mich früher auch schon einmal hereingelegt? Mir vielleicht einiges verheimlicht? Das Urvertrauen, das ich ihr entgegengebracht hatte, war plötzlich einer wütenden Trauer gewichen.

Den ganzen Tag gingen wir uns aus dem Weg. Ich verzog mich in das Wäldchen, das an das Grundstück grenzte, und schnitt dürre Äste ab, die der heiße Sommer hinterlassen hatte. Ich verzichtete auf das Mittagessen mit Amelie und trank stattdessen einen Pernod mit unserem Nachbarn, der sich in unserer Abwesenheit um das Haus kümmerte.

Als ich am Abend aus dem Wald kam, saß Amelie zusammengesunken im Wohnzimmer auf dem Sofa neben dem Kamin. Sie wischte sich die Tränen mit der Hand aus dem Gesicht.

»Soll ich dir etwas verraten«, sagte sie unvermittelt. »Ich halte es nicht mehr aus, wenn ich daran denke, was ich dir angetan habe. Ich will in den Boden versinken.« Sie musste wieder weinen. Ich schwieg.

Sie stand vom Sofa auf, legte ihre Hand auf meinen Unterarm und erklärte mir, wie sehr sie darunter leide, dass sie den richtigen Moment verpasst habe, um mit Paul Schluss zu machen. Sie habe doch die Ehe mit ihrer Liebelei nicht gefährden wollen. Aber nun habe sie es doch getan. Bevor sie wieder zum Sprechen ansetzte, probierte sie ein Lächeln, das aber ihre Anspannung nur noch verstärkte: »Ist jetzt alles aus?«

5

Es war nicht alles aus.

Ich blieb. Ich hatte mich ohnedies auf einen längeren Aufenthalt eingerichtet, hatte hier ja alles, was ich brauchte, denn das Domizil war seit Jahren mehr als nur ein Ferienhaus. Es war zum ständigen Wohnsitz ausgebaut worden und auf die Zukunft hin angelegt. Ich wollte die vielen Oleanderbüsche beschneiden und die Olivenbäume kappen, dazu war ich im Sommer nicht gekommen. Hier gab es immer zu tun. Auch am Schreibtisch, der vor einem Fenster stand, das einen weiten Blick in die Landschaft preisgab.

Seit ich das rote Notizbuch aus dem Küchenregal gezogen hatte, waren drei Tage vergangen, ohne dass einer von uns das Thema, das uns beschäftigte, angeschnitten hätte. Es lag uns auf den Lippen, aber wir waren unfähig, sie zu öffnen.

Ein Gefühl der Niedergeschlagenheit plagte mich, das sich wie eine Dunstschwade über alles legte. Was immer ich tat, ob ich die vereiste Tiefkühltruhe abtaute oder eine Kartoffelsuppe kochte, ob ich auf dem kleinen Hügel hinter dem Haus stand und meinen Blick über die Landschaft gleiten ließ, die sich gelassen bis zu den Windkrafträdern am fernen Horizont vor mir ausbreitete, ob ich im Sessel vor dem Kaminfeuer saß und las – die untreue Ehefrau und der betrügerische Freund waren immer gegenwärtig. Ich empfand das, was hinter der Tür lag, die Paul, wie Amelie immer wieder betonte, ihr in eine neue Welt geöffnet hatte, als dunkel und bedrohlich und mit meiner Welt unvereinbar.

Ich wollte ja nichts anderes, als auf diesem geliebten Stück Erde in Südfrankreich, das mir zur Heimat geworden war, mit ihr mein Alter verbringen. Dafür hatte ich einen Großteil meines Lebens gearbeitet.

Der Nachmittag war trüb, die winterliche Sonne, die wie Neonlicht leuchtete, hatte sich verkrochen, ich saß unschlüssig im Wohnzimmer. Ich ging zur CD-Anlage im Bauernschrank, den Amelie in einem provenzalischen Hellgrau angestrichen hatte, und legte eine Aufnahme von Glucks Oper »Orpheus und Eurydike« auf.

Wenn die Arie »Ach, ich habe sie verloren, all mein Glück ist nun dahin« verklungen war, startete ich die CD von Neuem, ich weiß nicht, wie viele Male. Die Innigkeit dieser Musik passte so gut zu meinen Zustand des Verlassenseins.

Amelie, die im Nebenraum herumhantierte, kam herüber und beendete mit einem entschlossenen Druck auf der Fernbedienung das melancholische Konzert. Sie schenkte mir ein zerstreutes Lächeln und setzte sich dann neben mich.

»Ich habe mir etwas überlegt«, sagte sie.

Sie war sehr nervös, ihre Hände zitterten, sie druckste minutenlang herum, ihre Festigkeit und Stärke, die sie beim Argumentieren so oft bewiesen hatte, wenn sie einen ihrer verwegenen Pläne durchsetzen wollte, schienen ihr abhandengekommen zu sein. Das hatte sicher etwas mit ihrem Schuldbewusstsein zu tun.

Und darauf spielte sie an, als sie endlich zu reden begann: Sie wolle für eine Weile weit weg, das sei das Beste für sie und für mich. Sie müsse darüber nachdenken, wie sich die Situation verändern lasse.

»Wohin?«, fragte ich.

»Nach Südafrika. Ich habe mich schon mal im Internet nach bezahlbaren Wohnungen umgeschaut.«

Ich war überrascht, sie hatte sogar schon eine Anzahlung auf eine Wohnung in Kapstadt geleistet. Die Dinge waren also ziemlich weit vorangetrieben. Auch auf meine Frage, was sie denn in Südafrika tun wolle, hatte sie keine rechte Antwort.

»Es wird sich schon etwas finden«, sagte sie.

Ich hatte den Eindruck, dass sie nicht mit der ganzen Wahrheit herausrückte. Misstrauisch geworden, ging ich auf Pauls Website und las, dass er ab Mitte Dezember in Johannesburg und Kapstadt eine Reihe von Konzerten dirigieren würde.

Stunde um Stunde brütete ich vor mich hin. Auf einem Spaziergang durch die Weinberge hatte ich den Einfall, ihr statt des Aufenthalts in Südafrika einen längeren Besuch bei einem gemeinsamen Freund in einem Vorort von Chicago vorzuschlagen. Ich weiß nicht, was mich ritt. Trotz aller Enttäuschung, trotz des weiteren Beweises, dass Amelie mich hinterging, während sie vorgab, die Situation klären zu wollen, kreisten meine Gedanken wie aufgezogen um die Frage, wie ich sie von der Reise hin zu Paul abbringen könnte. Sie war doch kein Groupie!

Unser Freund Hans war seit einiger Zeit Witwer und ein guter Ratgeber in allen Lebenslagen. Mit ihm verband mich seit Jahrzehnten eine enge Freundschaft. Ich kannte ihn schon seit den Tagen, als wir in einem Hamburger Verlag gearbeitet und uns ein Zimmer geteilt hatten.

Als er um 1990 nach drei gescheiterten Ehen eine amerikanische Sängerin kennenlernte und sie in New York heirateten, blieb er in Amerika. Sie erhielt in Chicago eine Professur, nachdem sie nicht mehr auftrat. Auf seinen Reisen besuchte uns Hans in Hamburg und in Südfrankreich. Er hatte sich auch rasch mit Amelie angefreundet. Bei ihm könnte sie eine Weile Unterschlupf finden. Ich wusste, sie mochte ihn, und er mochte sie.

Ich schaute auf die Uhr, rechnete sechs Stunden ab, und nach dem Spaziergang rief ich ihn an. Ich schilderte ihm, was geschehen war und was ich vorhatte. Wie nicht anders zu erwarten, war er sofort einverstanden. Er begriff, dass es sich um keine Lappalie handelte. Er bat mich, ihm rechtzeitig die Ankunftszeit des Flugzeuges mitzuteilen, er wolle Amelie dann am Flughafen in Chicago abholen. Sie sei ihm herzlich willkommen.

Ich hatte mir ein paar Sätze zurechtgelegt, mit denen ich Amelie beim Abendessen von meinem Vorhaben überzeugen wollte. Ich hatte ihr Lieblingsgericht zubereitet, dünne Kalbfleischscheiben in Zitronensoße, dazu Karotten-Schnipsel. Ich hatte fein säuberlich zwei

Gedecke aufgelegt und die Kerzen angezündet in den Lüstern, die wir zur Hochzeit geschenkt bekommen hatten.

»Du machst es immer so gemütlich. Das liebe ich an dir«, würdigte sie meine Bemühungen.

In dieser Stimmung war es leicht, das Gespräch vom Nachmittag über die Südafrikapläne wieder aufzunehmen. Ich ließ durchblicken, dass ich von Pauls Konzerten dort wusste, und sagte dann: »Wenn du wirklich Abstand gewinnen willst, wenn du wirklich Ruhe suchst, um zu dir zu kommen und über das nachzudenken, was geschehen ist, dann ist Südafrika nicht der richtige Ort. Was hältst du davon, für eine längere Zeit zu Hans zu fliegen?« Er sei ihr gegenüber unvoreingenommen, gab ich zu bedenken, und in dem Gespräch mit ihm werde sich sicher einiges klären. Außerdem habe sie in seinem großen Haus ihren persönlichen Bereich.

Sie war verunsichert, knabberte an ihren Fingernägeln, was sie immer tut, wenn sie sich überrumpelt fühlt. »Das ist keine schlechte Idee, ich muss darüber nachdenken.«

In der Nacht lag sie stumm und eng neben mir. Ich konnte spüren, wie sie vor sich hin grübelte. Am nächsten Morgen sagte sie: »Ich habe es mir überlegt. Ich fahre zu Hans.«

Sie hat das sicher nicht leichten Herzens gesagt, aber sie spürte wohl, dass sie mir etwas schuldig war. Und das sagte sie mir auch. Sie sehe ja, wie ich leide, und sie sei sich auch der Tragweite ihres Handelns bewusst. Sie wolle von der Schuld so viel abtragen, wie nur gehe, und gutmachen, was noch gutzumachen sei.

In den folgenden Tagen kam es dennoch immer wieder zu Reibereien. Unter anderem warf Amelie mir vor, ich hätte zu unserer Trauungszeremonie nicht einmal den Mut gehabt, die Kirche durch den Vordereingang zu betreten. Ich hätte mich durch einen Seiteneingang hineingeschlichen, während sie an der Seite ihres Vaters, um stolze Haltung bemüht, mit unserem bereits geborenen Kind durch das Hauptportal geschritten sei. Darüber hätten die Leute noch lange gemunkelt. Weiß der Teufel, was mich da geritten hat, nicht mit ihr gemeinsam in die Kirche einzuziehen.

Ich hatte lange gezögert, meiner Frau das Verhältnis zu Amelie zu gestehen, weil ich mir nicht sicher war, ob es halten würde. Es gab immer wieder Irritationen, vor allem wegen des Altersunterschieds.

Ich warnte Amelie davor, sich mit mir einzulassen, weil sie früh Witwe werden könnte. Das sagte ich zwar in neckischem Tonfall, der Grundgedanke aber war ernsthaft. Ich weiß nicht, ob meine Frau mitbekommen hatte, dass sie nicht mehr die Einzige war. Ich kam damals häufig sehr spät am Abend nach Hause und war viel unterwegs.

Als ich von einer dreitägigen Reise zurückkehrte, fragte sie mich: »Wo warst du eigentlich? Ich konnte dich nicht erreichen.« Das war der willkommene Anlass gewesen, ihr meine Liaison zu gestehen, zumal ich mehr und mehr spürte, wie die Verliebtheit in Amelie zu etwas Ernsthaftem wurde: zu einer verantwortungsbewussten Liebe.

Meine Frau blieb in unserem Haus in der Nähe der Hamburger Alster, ich mietete mir eine Wohnung in der Nähe von Amelie. Ihr die Scheidung vorzuschlagen war keine schwer zu überwindende Hürde mehr gewesen. Danach hatte es zwei weitere Jahre gedauert, bis Amelie und ich geheiratet hatten.

Die Tage in der Vaucluse schleppten sich dahin.

»Kommst du gut voran?«, fragte mich Amelie, wenn ich am Schreibtisch saß. Sie hatte den Kindern, die mittlerweile auch von ihrem Ehebruch wussten, ein paar Zeilen geschrieben: Sie würde ein paar Wochen weg sein, um sich über ihre Zukunft Klarheit zu verschaffen. Sie müssten Weihnachten ohne sie feiern. Das sei ihr ein unerträglicher Gedanke.

Als ich Amelie an einem Samstag im Dezember zum Flugplatz nach Nizza brachte, verhüllte dicker Nebel die Landschaft. Unsere Sorge, das Flugzeug in die USA würde nicht starten können, war durchaus berechtigt. Aber es flog mit einstündiger Verspätung dann doch ab, die Sonne hatte den Frühnebel weggedrückt. Kurz bevor sie ihr Handgepäck zum Durchleuchten auf das Band legte, warf sie einen langen Blick auf mich. Sie winkte verhalten, und dann verschwand sie.

Zehn Stunden später tippte sie nach ihrer Ankunft in Chicago in ihr Mobiltelefon die Nachricht: »Du hast mir so leidgetan, du standest da, traurig und in dich zusammengefallen.«

Sie schilderte, wie holprig ihr Flug gewesen sei. Schon über dem Atlantik sei es zu einer weiteren Verspätung gekommen. »Verpasster Anschluss in New York. Lange Wartezeit, vollgepackte Maschinen nach Chicago, ein Mittelplatz.« In der Empfangshalle in Chicago habe Hans auf sie gewartet.

Zwei Stunden später bekam ich die Mitteilung, sie sei erledigt und liege im Bett.

Auch ich fühlte mich erledigt. Ich war nach Hamburg zurückgekehrt, während sie in der Luft war. In dieser Nacht konnte mich nichts und niemand von dem Gedanken abbringen, dass sie alles, was sie schrieb, zweimal schrieb. An mich und an Paul. Legte sie mehr Wärme in die Worte, die sie an ihn richtete?

Später sollte ich erfahren, dass er aus Chicago ganz andere Texte bekam als ich. Da sprach sie von einer Zwangsreise, die sie angetreten hätte, aus der sie aber das Beste machen wolle. Die Reise sei nötig, um mich zur Ruhe zu bringen, ganz verlieren wolle sie mich schließlich nicht. Und sie müsse manchmal klein beigeben. Aber es gäbe ja auch eine Rückkehr.

Es war sicher eine Enttäuschung für sie, dass die Kinder am Weihnachtsabend nicht ans Telefon kamen, als ich mit ihr sprach. Franz und Anna waren bereits nachmittags zu mir gekommen und feierten erstmals ohne ihre Mutter Weihnachten. Man sah ihnen an, wie bedrückt sie waren: »Schade, dass Mami nicht dabei ist.«

Das war aber die einzige Bemerkung zu der neuen Situation, sie kam von Anna. Franz hingegen gab nicht so recht zu erkennen, was er empfand, er ist ohnedies ein Mensch, der seine Gefühlsregungen gerne versteckt.

Wir waren am 24. Dezember in den Abendgottesdienst in der nahegelegenen katholischen Kirche gegangen, drängten uns dann beim Essen um den kleinen Küchentisch, damit wir alle Platz hatten. Ich hatte den obligatorischen Entenbraten zubereitet und ein paar

Flaschen Rotwein aus der Toskana aus dem Keller geholt. Wir waren zu fünft, meine beiden Kinder aus erster Ehe waren auch zu Besuch gekommen. Wir blieben über die Feiertage zusammen, vertrieben uns die Zeit mit Spaziergängen, Lesen und Musik hören. Als die Kinder sich am zweiten Weihnachtstag nach und nach voneinander und von mir verabschiedeten, hatte ich das Gefühl, dass diese zusammengewürfelte Familie zusammengerückt war.

Als sie gegangen waren, es war schon dunkel draußen, legte ich mich aufs Bett und hörte eine CD, die ich geschenkt bekommen hatte: Schumann-Sonaten für Violine und Klavier, die meine Lieblings-Geigerin Carolin Widmann spielte. Noch bevor ich wegdämmerte, dachte ich, dass der Gesang der Violine ziemlich genau den Zustand traf, in dem ich mich befand. Den Gedanken, dass ich für den Rest meines Lebens allein sein würde, konnte ich nicht abschütteln, so sehr ich mich auch mühte.

In der Nacht wurde ich vom Signal des Computers geweckt. Eine Nachricht von Amelie? Nein, eine Mail des Freundes aus Amerika. Er teilte mir mit, dass er mehrere Gespräche mit Amelie geführt und den Eindruck gewonnen habe, sie habe sich in dieser Liebesgeschichte verrannt und finde nicht mehr heraus. Er meine, es sei das Beste, wenn wir ein Gespräch zu dritt führten, ob ich es nicht ermöglichen könne, über Neujahr zu ihnen zu kommen.

Nach den Feiertagen ging ich ins Reisebüro und kaufte ein Ticket nach Chicago. Beim Packen des Koffers quälte mich immer wieder der Gedanke, ob es nicht verplemperte Zeit sei, diese Reise ins Ungewisse anzutreten. Aber da war diese Sehnsucht nach Amelie, die jeden vernünftigen Gedanken tötete und die Vorstellung beförderte, sie würde ungeduldig auf mich warten, um mir zu sagen, sie sei zu sich gekommen und es sei alles ein schrecklicher Irrtum gewesen.

Das Gefühl hielt an, als ich zum Hamburger Flughafen fuhr.

Ich hatte keine Mühe, Amelie und den Freund zu entdecken, nachdem die Maschine mitten in der Nacht in Chicago gelandet war. Sie warteten auf mich in der fast menschenleeren Empfangshalle. Amelie machte einen Schritt auf mich zu, fiel mir um den Hals und küsste mich. Ich wusste nicht, was es bedeutete, ich fühlte mich ihr in diesem Augenblick nicht gewachsen und ließ mich auf die Küsse ein, obwohl Hans daneben stand.

Es dauerte eine halbe Stunde, bis endlich mein Koffer kam. Der lange Flug, die Warterei und der Anblick von Amelie hatten mich nervös gemacht. Meine Hände zitterten und meine Stimme auch, als ich zu ihr sagte, wie glücklich ich sei, endlich am Ziel zu sein. Da saßen wir bereits im Auto. Gleich darauf kam mir in den Sinn, wie doppeldeutig meine Bemerkung war.

Als wir endlich im Haus des Freundes in der Küche saßen, tranken wir noch ein Glas Wein.

»Ihr schlaft doch im selben Zimmer, nehme ich einmal an«, sagte Hans.

Amelie und ich verständigten uns mit einem Blick. Wir gingen ins Bett. Amelie zog sich das leichte Nachthemd über, das ich auf Pauls Computer auf Sardinien entdeckt hatte, und legte sich neben mich.

Fass sie nicht an! Schau sie gar nicht erst an! Was hatte ich mir nicht alles vorgenommen, um einen klaren, kühlen Kopf zu behalten und die Lage in den Griff zu bekommen. Doch nur ein paar Herzschläge lang hielt ich es durch, den Gleichgültigen zu spielen. Sie musste mich nur berühren, schon überließ ich mich ihr. Ein Gefühl der Ohnmacht überkam mich, als wir voneinander abließen. Ich wurde der Wirklichkeit gewahr und wusste wieder, warum wir hier am anderen Ende der Welt waren.

In den nächsten Tagen gab es oft Anlass für giftige Wortwechsel, für depressive Schübe meinerseits, vor allem, wenn ich auf ihrem Mobiltelefon, das sie auf dem Tisch liegen ließ, Pauls Namen und den Hinweis auf eine eingegangene Nachricht las. Sie standen natürlich in Kontakt, auch wenn ich mir etwas anderes vormachte. Ich konnte einfach dem Drang nicht widerstehen, in Amelies Intimsphäre einzudringen. Ich hatte dabei ein flaues Gefühl und war mir durchaus klar darüber, wie selbstzerstörerisch mein Tun war.

»Du musst ihr Zeit geben, ihr müsst euch Zeit geben«, mahnte Hans.

Er traf einen wunden Punkt bei mir, ich konnte nicht abwarten, ich hatte keine Geduld. Ich habe zeitlebens nicht abwarten können und immer versucht, im Eilschritt ein gestecktes Ziel zu erreichen, es zu erzwingen, wenn es nicht anders ging. Ich hatte meist Glück damit.

Für den Silvesterabend hatte mein Freund Karten für ein Konzert mit Ute Lemper besorgt. Ich kannte sie gut, ich hatte einen Film über sie gedreht und freute mich, sie wieder zu sehen und zu hören.

Verwundert darüber, mich hier zu treffen, wie sie sagte, wechselten wir ein paar Worte über das nicht sonderlich verständige Publikum, das hemmungslos in die Musik hineingeklatscht hatte. Wir unterhielten uns über einige Projekte, die sie in Angriff nehmen wollte, aber sie war sichtlich schlechter Laune. Als sich das Gespräch nur noch so dahinschleppte, verabschiedete ich mich.

Hans hatte zu Hause schon am Nachmittag alles für das Mitternachtsdinner hergerichtet. Eine große Platte mit kaltem Fisch, verschiedene Salate. Beim Essen wurde wenig gesprochen, nur Beiläufiges über das Konzert.

Wenn jemand Amelie und mich beobachtet hätte, wäre er zwangsläufig auf den Gedanken gekommen, dass es sich bei uns um ein Ehepaar handeln müsse, das sich nicht mehr viel zu sagen hat. Das lag sicher auch an der bevorstehenden Aussprache, die unser Freund am Neujahrstag moderieren wollte und vor der uns bange war.

Aus meiner heutigen Perspektive kommt mir dieser Abend vor wie ein einziges Atemholen vor der großen Auseinandersetzung. Amelie blieb regungslos, als ich ihr über das Haar fuhr und Blödsinn daherredete, als handle es sich bei unserer Sache um eine vorübergehende Störung, die sich leicht beheben ließe. »Wir werden uns schon zusammenraufen.« Sie verzog keine Miene, ihr Gesicht hatte etwas Maskenhaftes. Eine unangenehme Ahnung suchte mich heim und trieb meinen Puls in die Höhe.

Es schlug Mitternacht. Im Fernsehen böllerte es zu Beethovens »Lied an die Freude«. Also auch in Amerika, dachte ich. Hans löste mit einem satten Plopp den Champagnerkorken, schenkte in die alten Kristallgläser ein und stieß mit uns an.

»Auf ein gutes neues Jahr und viele schöne Familienfeiern in eurem Haus im Süden.«

Er war immer schon ein begabter Ironiker gewesen. Die Familienfeiern, das war eine Anspielung auf die gelungenen Feste im Hof unseres französischen Hauses, bei denen es an der langen Tafel manchmal hoch hergegangen war. Amelies weit verzweigte Familie war oft dabei gewesen, die Schwestern, Cousinen und Vettern bis ins letzte Glied.

Amelie war eine aufmerksame Gastgeberin, forderte mich oft mit einem Tritt vors Schienbein zum Nachschenken auf, wenn ich es in der Hitze einer Debatte vergaß. Sie lächelte nach links und nach rechts und machte wie immer ein fröhliches Gesicht. Sie war bester Laune und strahlte. Es sei nun einmal ihr hervorstechender Charakterzug, gute Laune zu verbreiten, hat sie mir einmal gesagt.

Sie war ein Familienmensch gewesen. Eine Instanz der Großfamilie, die man anrufen konnte, wenn man Rat brauchte. Gab es einen aufmerksameren, selbstloseren Menschen als Amelie?

Der Neujahrsmorgen war dunkel und verhangen, und die Stimmung, nachdem ich zusammen mit meinem Freund das Frühstück zubereitet hatte, konnte man nur trübselig nennen. Keiner von uns Dreien konnte die Last des kommenden Gesprächs abschütteln. Mir ging eine Mail nicht aus dem Kopf, die Amelie an Paul geschickt haben musste, als ich noch schlief. Ich konnte sie lesen, weil ihr Handy auf dem Nachttisch lag. Sie versicherte ihm, er sei das Beste, was ihr bisher widerfahren wäre, einerlei, wie das heute ausginge.

Diesen Satz kannte ich, den hatte sie mir auch schon geschrieben oder in den gemeinsamen Stunden des Glücks zugeflüstert.

Unsere Aussprache begann. Unser Freund machte ein paar einleitende Bemerkungen. Dann erklärte Amelie ziemlich unvermittelt, aber auch kleinlaut, dass sie mit der Geschichte noch nicht fertig sei. Sie wisse nach wie vor nicht so recht, wo sie hingehöre, daran hätten auch die Gespräche mit Hans nichts ändern können. Sie brauche Zeit. Zu einem schnellen Bruch mit Paul sei sie weder fähig noch bereit.

»Ich weiß, dass du das nicht hören willst, aber ich kann nicht anders«, sagte sie.

Ich nahm das hin, war auf eine unheimliche Weise gefasst. Es sollte also so weitergehen wie bisher. Sie würde Paul wieder treffen, nur mit dem Unterschied, dass sie es nun nicht mehr im Geheimen tun müsste. Ich erinnerte sie an den Satz, den sie mir kurz nach der Entdeckung ihres Doppellebens geschrieben hatte: Sie habe gehofft, ihr Verhältnis mit Paul noch eine Zeit lang unbemerkt fortsetzen zu können und nicht vor die Entscheidung zwischen ihm und der Familie gestellt zu werden, denn dann wisse sie, wohin sie gehöre.

»Was ist damit?«, wollte ich wissen.

Vielleicht war es ein Fehler, dass ich sie an diesem dunklen amerikanischen Neujahrsmorgen hier zu einer Entscheidung drängte. Aber ich konnte mir einfach nicht vorstellen, noch weitere Wochen und Monate zwischen Hoffen und Bangen zu verbringen. Lieber geht jetzt alles aus den Fugen, dachte ich, als dass ich mich zum gehörnten Trottel machen lasse. Warum habe ich sie eigentlich nicht wirklich und für immer hinausgeworfen, als ich hinter ihr Verhältnis gekommen bin? Ich hätte mir zumindest diese demütigende Szene erspart.

Amelie verlangte eine Pause. Es war wie bei einer Gerichtsverhandlung. Wir standen auf. Jeder verzog sich in eine Ecke. Der Freund ging in sein Zimmer. Als wir uns nach einer Viertelstunde wieder hinsetzten, gab ich ihr zu verstehen, dass ich ihr die Zeit, die sie benötigte, um sich darüber klar zu werden, mit welchem Mann sie ihre Zukunft verbringen wolle, nicht geben würde.

»Wir werden uns trennen und zwar sofort und diesmal für immer.«

Das hatte sie nicht erwartet. Oder doch? Einen Augenblick war sie irritiert, warf einen zornigen Blick auf mich, der mir sagen sollte: »Das glaube ich nicht, das hätte ich dir nicht zugetraut.« Dann verließ sie das Zimmer und dann das Haus.

Erst als es draußen dämmerte, kam sie zurück. Die Stimmung beim Abendessen war dann gar nicht so unfreundlich und unfroh, wie ich es erwartet hatte. Hatte ich ihr die Entscheidung abgenommen, die sie noch eine Weile vor sich herschieben wollte? Im Grunde waren sich Amelie und Paul offensichtlich längst einig, schon im vergangenen Sommer hatte sie ihn gefragt, ob er denn sesshaft werde, seine Reiserei einschränken könne, wenn sie einmal zusammen leben würden, in Südfrankreich oder in Süddeutschland. In der grünen Mappe hatte ich diese Stellen gelesen. Ja, von Zusammenleben war da die Rede gewesen. Ich hatte es nur verdrängt.

Wozu brauchte sie also noch Zeit? Hans hatte auch keine schlüssige Antwort auf meine Frage. Er gab viele Erklärungen. Sie wolle die Tür nicht ganz hinter sich zuschlagen, sie denke an die Kinder, die sie nicht verlieren wolle, an ihre Großfamilie, die ihr viel bedeute.

Mein Freund und ich schoben die Vermutungen wie Schachfiguren hin und her, der entscheidende Zug aber wollte nicht gelingen. Amelie war durch nichts und niemanden aufzuhalten, wenn sie etwas durchsetzen, etwas erreichen wollte. Das wusste ich aus der Erfahrung der vielen Jahre unseres Zusammenlebens.

Und jetzt wollte sie den neuen, den berühmten Mann. Vielleicht wollte sie ihn zu seinen Auftritten in aller Welt begleiten, in seinen Konzerten in der ersten Reihe sitzen und nach den Konzerten mit bedeutenden Menschen am Tisch Platz nehmen. Vielleicht hatte sie den Ehrgeiz, Pauls Muse zu sein, so wie Alma bei Mahler, diejenige, die ihn zu neuen Interpretationen anregte. Wünschte sie sich das von ihrem neuen Leben? Aber vom alten wollte sie auch nicht ganz lassen. Sie wollte beides, sie wollte alles. Das war ihr Konzept. Auf jeden Fall wolle sie Macht über mich behalten, sagte ich abschließend wütend zu Hans.

Doch der erwiderte: »Kann es nicht sein, dass sie dich noch liebt und dich nicht ganz verlieren will?«

Die Tage bis zur Rückreise nach Deutschland schleppten sich dahin, wir hatten beide ein Ticket für den fünften Januar. Mir war es nicht gelungen, einen früheren Flug für mich zu bekommen, alles war ausgebucht. Ich ging Amelie aus dem Weg, so gut es ging. Bei den Mahlzeiten schaute sie mich mitleidig an, als wolle sie mir sagen: »Aber ich kann nicht anders.«

Ich hatte mich in ein kleines Zimmer im oberen Stock zurückgezogen, das mir mein Freund für die letzten paar Tage des Aufenthalts überließ. Ich arbeitete an den Korrekturen eines Artikels über Beethovens späte Streichquartette. Es ging nicht recht voran, und wenn es gar nicht mehr ging, drehte ich ein paar Runden in der eiskalten Luft. Schritt für Schritt, wie ein Automat.

Es war kaum jemand unterwegs. Die Blätter der Rhododendron-Büsche in den Vorgärten hingen schlapp von den Ästen, der Frost hatte ihnen die Kraft genommen. Auch die Magnolienbäume waren mit dichtem Raureif überzogen und wirkten so noch künstlicher als im Sommer. Nach Einbruch der Dunkelheit, und das war schon um vier Uhr am Nachmittag, war diese Vorstadt, die zu den guten Wohngegenden zählte, zum Fürchten.

»Im Winter ist es hier kaum auszuhalten«, sagte Hans, »aber wo soll ich hin? Ich bin zu alt für einen Tapetenwechsel.« Er war schon weit über achtzig und hatte nach dem Tod seiner Frau vor fünf Jahren den Absprung nach Deutschland verpasst. Er hatte das immer gewollt. Aber im entscheidenden Augenblick nicht mehr den Mut dazu gehabt. Das Haus, die Kinder …

Hans hatte sich nach dem Gespräch am Neujahrsmorgen in seinem Arbeitszimmer vergraben, wo er auch schlief. Er war zutiefst unzufrieden mit dem Ergebnis seiner Bemühungen, er sagte es immer wieder. Als ich dann meinen Koffer für die Heimreise packte, stand er plötzlich im Zimmer und schaute mit düsterer Miene zu, als sei er der Verlierer. Er brachte Amelie und mich zum Flugplatz. Als wir uns verabschiedeten und bei ihm bedankten, war er wie versteinert. Er brachte den Satz kaum heraus: »Es ist zu schade, zu schade.«

Noch bevor das Flugzeug abgehoben hatte, schlief Amelie ein. Sie saß neben mir. Auf ihrem Telefon ging eine Nachricht von Paul ein: Sie solle stark bleiben. Bald sei sie wieder in seinen Armen.

Ich verabschiedete mich von jeder Hoffnung auf ein Wunder in letzter Minute. Ich hatte richtig gehandelt, als ich noch von Amerika aus einen Notartermin für den Trennungsvertrag vereinbart hatte.

6

Es waren schwere Tage und Nächte, die ich nach der Rückkehr aus Amerika verbrachte. Amelie war unmittelbar nach unserer Ankunft in Hamburg mit dem Auto nach Südfrankreich weitergereist. Unruhig und ziellos ging ich in unserer Wohnung auf und ab. Ich kam nicht mehr in den Schlaf, Beruhigungsmittel wirkten nur wenige Stunden, selbst in hoher Dosis. Nassgeschwitzt fuhr ich dann hoch, es war wie ein seelischer Schüttelfrost. Ich durchlebte dieselben Gefühle wie vor ein paar Monaten, als ich von Amelies Verhältnis erfahren hatte.

Noch auf dem Heimflug war ich entschlossen gewesen, der Trennung auch eine schnelle Scheidung folgen zu lassen. Nun aber, allein zu Hause, wurde mir bewusst, was es bedeutete, wenn Amelie nicht mehr zu mir und meinem Leben gehörte. Ich verfiel in ein dumpfes Brüten, und sie war nicht in meiner Nähe, um mich da herauszuholen.

Ich verlor mich in schmerzhaften Vergangenheitsbildern, und sie fehlte, um mich wachzurütteln, wie sie es früher getan hatte, wenn ich mich zu sehr mit mir selbst beschäftigte. Amelie war in den langen, überwiegend heiteren Jahren ein Teil von mir geworden.

Wir gehörten doch zusammen! Später würde Paul mir schreiben, dass es eine längst gescheiterte, trostlose Verbindung gewesen sei, die ihm den Bruch der Freundschaft und den Einbruch in unsere Ehe ermöglicht habe. So macht man es sich leicht.

Amelies Mutter kam ins Spiel. Sie ist eine aufrechte Frau, elegant, gebildet und fest im Glauben verwurzelt. Für mich war sie keine Schwiegermutter, eher eine verständige Freundin. Es hatte sich herumgesprochen, dass Amelie aus Amerika zurückgekehrt und wieder in Südfrankreich war. Die Schwiegermutter rief an und wollte wissen, ob ihre Tochter in Amerika Vernunft angenommen habe. So drückte sie sich aus.

Was sollte ich ihr sagen?

»Sag mir die Wahrheit.«

Ich berichtete ihr, dass Amelie nicht mit Paul brechen wolle und dass ich die Scheidung vorbereitete. Mit einem gewissen Erschrecken hörte sich Amelies Mutter das an. Es war eine ganze Weile still am Telefon. Ich hörte nur ihr starkes Atmen.

Dann brach es aus ihr heraus: Vorwürfe an die Tochter, Vorwürfe an sich selbst: »Was ist nur los mit ihr? Was habe ich bloß falsch gemacht?«

Sie redete sich in Rage. Sie sagte, dass sie mit ihrer Tochter sprechen wolle, denn sie könne doch nicht zulassen, dass sie die Familie einfach so im Stich lasse. Sie weinte. Bevor sie auflegte, sagte sie noch: »Ich werde etwas tun. Ich schaue dieser Tragödie nicht tatenlos zu.«

Sie hielt Wort. Ein paar Tage später fuhr sie nach Frankfurt, wo sie sich alle paar Wochen um eine alte

Verwandte kümmerte, und dort traf sie Amelie. Die war nur widerwillig ihrer Bitte um ein Treffen gefolgt. Sie hatte allerlei Ausreden vorgebracht, war dann aber doch gekommen.

Sie beteuerte gleich zu Beginn, sie wolle das Verhältnis mit Paul nicht übereilt beenden, deshalb habe sie von mir Zeit gefordert, ja, das stimme, und sie wolle auf keinen Fall die Familie aufs Spiel setzen. Das hörte sich nun ganz anders an als meine Darstellung des Gesprächs vom Neujahrsmorgen.

Ihre Mutter schien beruhigt, sie glaubte ihrer Tochter und redete mir gut zu, alles würde sich wieder einrenken.

Ich schöpfte tatsächlich Hoffnung und klammerte mich an diese Mitteilung wie ein Schiffbrüchiger im Meer an ein Stück Treibgut.

Was Amelie wirklich dachte, stand dazu in krassem Widerspruch. Kurz nach dem Gespräch schrieb sie Paul von ihrem Frankfurter Hotelzimmer aus, so sicher wie heute sei sie sich ihrer Liebe noch nie gewesen. Was eine Sommerliebe hätte bleiben können, wenn sie aufgepasst hätten, sei eine Lebensliebe geworden.

Weiter schrieb sie ihm, dass sie ihn in München abholen wolle, um mit ihm ein paar stille Tage in Südfrankreich zu verbringen. Das würde ihm und ihr guttun.

Stille Tage? Die Wendung sei interpretationsbedürftig, schrieb er zurück. Sie solle bloß nicht glauben, dass er immer nur von ihren hellen Augen schwärmen würde.

Es gibt keinen Hinweis darauf, wie still oder stürmisch die Tage dann waren, die sie gemeinsam verbrachten.

Vermutlich habe ich ihre Zeit dort mit meiner Mail, dass ich wie verabredet in die Vaucluse kommen werde, um Bücher, Akten und ein paar andere Sachen abzuholen, doch schneller beendet, als ihnen lieb war.

Paul jedenfalls, das steht fest, war einen Tag bevor ich erneut nach Südfrankreich flog, nach Paris abgereist, um mit dem Staatspräsidenten zu speisen, wie später in der Zeitung stand. Amelie hatte ihm noch hinterhergeschrieben, dass sie nun einige Zeit aufeinander verzichten müssten, denn sie werde mit mir nach Hamburg zurückfahren, um mit den Kindern die »neue Situation« zu besprechen: So lange müssten sie sich nach innen lieben.

Früher hatte sich meine Freude, sie wiederzusehen, von Kilometer zu Kilometer gesteigert, wenn ich auf dem Weg zu ihr gewesen war. Das war irrsinnigerweise diesmal kaum anders. Worauf ich mich immer gefreut hatte, darauf freute ich mich auch jetzt: ihre Stimme, ihr Lachen, ihr Schwung. Beim Gedanken, sie zu sehen, sie in die Arme zu schließen, ihr über das Haar zu streichen, wurde mir warm.

Amelie hatte mir geschrieben, dass sie mich abholen werde. Als ich in die Ankunftshalle des Flughafens trat, hatte sie das Mobiltelefon am Ohr, ihre Lippen bewegten sich hektisch. Als sie mich sah, beendete sie das Gespräch sofort.

Ich machte eine Bemerkung über das schwarze Kleid mit den weißen Punkten, das ich ihr einmal gekauft hatte und das ich so liebte. Sie habe es heute für mich angezogen, betonte sie. Dann folgte eine lange Pause. Wir hatten Schwierigkeiten damit, in ein normales Gespräch zu finden. Sie machte den Anfang und erzählte von den Nachbarn, die sie nicht mehr grüßten.

Mit einem gewissen Erschrecken hörte ich mir das an. Es schien etwas durchgesickert zu sein, Pauls Besuche während meiner Abwesenheit waren offenbar nicht unbemerkt geblieben. Auf die Frage, ob es Neuigkeiten gäbe, etwas, das ich wissen sollte, antwortete sie: »Du weißt doch alles.«

Ich las in ihren Augen, dass das nicht stimmte.

Sie hatte Paul von ihrem Mobiltelefon aus geschrieben, während das Flugzeug im Landeanflug war: Sie bringe sich nun, nachdem ich gelandet war, mental in einen hypnotischen Zustand, um in den kommenden Tagen jedes falsche Wort, um jeden hochgezogenen Ton zu vermeiden, um immer gelassen zu bleiben. Sie wolle behutsam, zurückhaltend und ausgleichend sein.

Es war offensichtlich der kühne Masterplan für ihr künftiges Leben, den sie da entwarf. Sie wollte nicht ganz verlieren, was sie noch besaß, aber gleichzeitig frei ihrem Herzen folgen. Sie wollte alles, die Familie und ihren Geliebten, mit dem sie noch viele warme Tage zu erleben hoffte.

»Unsere Zeit wird kommen«, versprach sie ihm.

Wie stellte sie sich das vor? Ging sie davon aus, dass ich mich mit der Zeit schon fügen würde, um sie nicht ganz zu verlieren? Oder wollte sie sich rückversichern für den Fall, dass die Zeit mit Paul schneller vorüber sein könnte als gedacht? Für mich kam das nicht in Frage. Schon der Gedanke daran, meine Frau mit einem anderen teilen zu müssen, schnürte mir die Luft ab.

Die Tage vergingen, sie waren so grau und verschleiert wie der Himmel in diesen Januartagen. Es waren nur drei Tage, die ich im Süden zusammen mit ihr verbrachte, aber sie schienen kein Ende zu nehmen.

Das Reden war mühsam, das Zuhören auch, denn es war ja immer nur die halbe Wahrheit, die ich zu hören bekam. Wenn überhaupt. Wenn sich bei den Mahlzeiten unsere Blicke kreuzten, erschien sie mir weit entrückt.

Ich machte lange Spaziergänge, traf Freunde, die fanden, ich hätte mich verändert, sei alt geworden. Am Schreibtisch brachte ich nichts zustande, über ein paar Sätze kam ich nicht hinaus. Amelie hatte sich in ihrem Zimmer verkrochen, wo sie stundenlang telefonierte.

Nachts hingegen ließ sie die Zärtlichkeit zu. Mit der Dunkelheit stellte sich die alte Vertrautheit wieder ein. So etwas wie eine Komplizenschaft der gemeinsamen Jahre verdrängte die schmerzliche Realität, als sei sie nur ein böser Traum. In einem solchen Augenblick bedingungsloser Nähe, stellte ich ihr flüsternd die Frage, ob sie an ihn denke, wenn sie bei mir war, ob sie an mich denke, wenn sie bei ihm war.

Es dauerte, bis sie eine Antwort zustande brachte. Dann sagte sie: »Ich will beides, ich kann beides. Ich will euch beide.«

Sie war überzeugt davon, zwischen den beiden Männern nicht ins Stolpern zu geraten.

»Du bist alt, du brauchst mich. Ich lasse dich nicht alleine«, sagte sie noch.

Nach ein paar Tagen machten wir uns wie geplant auf den Weg nach Hamburg. Während der zwölfstündigen Autofahrt von der Vaucluse dorthin redeten wir nicht viel, taten aber so, als seien unsere Leben unverändert. Nur einmal kam es zu einer lautstarken Aufwallung, als ich unsere Kinder verteidigte, die es bisher abgelehnt hatten, mit ihrer Mutter auch nur ein Wort zu reden. Amelie hatte vergebens versucht, sie ans Telefon zu bekommen. Sie hatte ihnen geschrieben, hatte dazu angesetzt, sich zu erklären … umsonst. Vor allem Franz, der auf eine große Distanz zu seiner Mutter gegangen war, lehnte lange Zeit jede Aussprache ab.

Amelie zeigte sich erleichtert, als sie erfuhr, dass die Kinder in Hamburg nun doch auf sie warteten. »Sie wollen dich zur Rede stellen«, gab ich zu bedenken.

Die Hauptsache sei, dass sie überhaupt mit ihr reden würden, entgegnete sie.

Die Kinder saßen in der Küche unserer Hamburger Wohnung, als wir ankamen. Franz, schon ein junger Mann, der nach dem Abschluss des Studiums eine Anstellung als Software-Ingenieur in Aachen bekommen hatte, war für dieses Gespräch nach Hamburg gereist. Anna studierte an der Hamburger Universität.

Es war das erste Mal, dass die Kinder ihre Mutter sahen, seit sie von deren Affäre mit Paul Meissenberg erfahren hatten. Sie umarmten Amelie nicht. Sie saßen bleich, aber gesammelt am Küchentisch. Ich rückte zwei weitere Stühle an den Tisch. Franz begann das Gespräch, wollte wissen, warum sie es so weit habe kommen lassen.

»Ist dir eigentlich klar, dass du unsere Familie kaputt gemacht hast?«, begann er das Gespräch. »Du hast uns doch immer erklärt, wie wichtig wir für dich seien. Und jetzt?«

Das saß. Als die Kinder nach Einzelheiten ihres Verhältnisses mit Paul fragten, antwortete sie nicht. Auf ein Verhör lasse sie sich nicht ein, sagte sie, und gab dann doch zu, dass sie sich in dieser Liebesgeschichte verheddert habe.

»Mein Gott, habt ein wenig Geduld mit mir«, bat sie.

Es klang aber nicht flehend, eher herrisch, und gar nicht danach, dass alles ein großer Irrtum gewesen sei. So etwas hatten die Kinder erwartet. Sie sagte nicht nein und nicht ja, als sie von ihr wissen wollten, ob sie bereit sei, das Verhältnis mit Paul definitiv zu beenden und zurückzukehren.

Die Konfrontation mit den Kindern setzte Amelie zu. Sie begann zu weinen, sie fürchte sich davor, die Kinder zu verlieren.

Das Gespräch dauerte zwei Stunden. Die Stimmung zwischen Amelie und mir war danach noch angespannter als zuvor. Mir wurde das alles zu viel. Ich brauchte Abstand, um mich wieder fassen zu können. Ich ging vor die Tür und lief durch die Nacht. Die Kälte tat mir gut.

Nach Mitternacht war ich wieder zu Hause. Das Telefon klingelte. Anna war am Apparat. Sie weinte mehr als dass sie sprach. In ihrem Schluchzen verstand ich immerhin, dass Paul sie angerufen und beleidigt hatte. Er war dafür bekannt, dass er, wenn er abends zu viel trank, ausfallend wurde. An diesem Abend hatte er seine Aggressionen mit einer beleidigenden Tirade auf Anna gerichtet.

Nun versuchte ich meine Tochter zu beruhigen, aber das löste nur noch größere Weinkrämpfe aus. Schließlich fuhr ich zu ihr.

Sie öffnete die Tür, zitterte und krümmte sich. Sie hörte gar nicht zu, als ich zu ihr sagte: »Hab keine Angst, ich bin doch da.«

Ich nahm sie in die Arme und flüsterte ihr beruhigende Worte zu. Es half nichts. Ich wusste nicht, was ich tun sollte, und entschloss mich, mit ihr zu einem befreundeten Arzt zu fahren. Ich packte sie in ein Taxi, sie wimmerte den ganzen Weg über und brachte ein paar Brocken von dem heraus, womit Paul sie so verletzt hatte.

Er hatte sie am Telefon offenbar wüst beschimpft, hatte seine Liebe zu Amelie verteidigt, weil sie für ihn eine Art Königin sei. Das hätte weder sie noch ihr Bruder begriffen. Dabei habe Amelie so viel für ihre Kinder getan. Aber er sei nun, da ihrer beider Liebe zu einer öffentlichen Tatsache geworden sei, nicht mehr gewillt, auf die Familie in irgendeiner Form Rücksicht zu nehmen, vor allem nicht auf den Vater, der leider ein Dummkopf aus einem vergangenen Jahrhundert sei.

Es muss noch viel mehr gewesen sein, was er ihr an den Kopf geworfen hatte. Sie stammelte etwas von Höllenqualen, die er den Kindern bereiten würde, weil sie nicht zu ihrer Mutter hielten.

Wir mussten nicht lange warten, bis sich der Arzt ihrer annahm. Sie bekam Beruhigungsmittel. Allmählich löste sich der Krampf.

Es schneite und schneite, als Anna und ich in den frühen Morgenstunden nach Hause fuhren. Der Taxifahrer betrachtete uns im Spiegel, wir kamen ihm nicht geheuer vor. Er fragte in holprigem Deutsch, ob es eine schlimme Krankheit sei.

»Ja, die schlimmste«, sagte ich.

Ich nahm Anna mit in unsere Wohnung, wo Amelie auf uns wartete. Sie hatte hinter uns her telefoniert, als wir beim Arzt waren, bis ich ihr klargemacht hatte, dass wir genau das jetzt nicht gebrauchen konnten. Die Medikamente, die Anna verabreicht bekommen hatte, wirkten noch immer. Sie fragte: »Kann ich hier schlafen?«

Ich informierte Amelie darüber, warum unsere Tochter zusammengebrochen war und in welch brutaler Tonart Paul auf sie eingeredet hatte. Amelies Gesicht verriet Angst, als sie das hörte.

Eine Weile herrschte Schweigen, dann antwortete sie: »Wenn das stimmt, ist das nicht der Mann, den ich kenne. Ich werde ihm sagen, dass ich mich wie eine Löwin vor Anna werfe. Kein Mensch hat das Recht, mein Kind so zu beleidigen. Das lasse ich nicht zu.«

Anna hat in schwierigen Situationen immer den Rat ihres Bruders gesucht. So überließ sie es dann ihm, der wegen seiner Geradlinigkeit in der ganzen Familie sehr geschätzt war, Paul zu antworten. Seine Entgegnung fiel kurz und heftig aus: Wenn er sich noch einmal unterstehe, Anna zu belästigen, werde er es mit ihm zu tun bekommen. Und er wisse, was das bedeute.

7

An einem späten Vormittag Anfang März kam ich in Paris im Hotel am Jardin du Luxembourg an, in dem ich Amelie treffen wollte. Das Zimmer lag im obersten Stock, war zwar klein, aber hell. Ich ging auf den Balkon und genoss die wärmende Sonne der ersten Frühlingstage.

Ich blickte in den gegenüberliegenden Jardin du Luxembourg. Ein Hauch von frühem Grün überzog wie ein Gaze-Schleier die alten Bäume. Einige waren im Herbst heruntergeschnitten worden und hatten es schwer, wieder ins Geäst zu kommen, nur ein paar spärliche Triebe waren zu erkennen.

Ich wusste nicht mehr, wer die Idee mit Paris gehabt hatte, Amelie oder ich. Aber es schien, als hätte uns beide der gleiche Gedanke umgetrieben, als wir uns rasch und umstandslos verabredet hatten: Wie sollte es nach unserer Trennung weitergehen? Würden wir uns ab und zu verabreden, ins Kino gehen oder uns zum Essen treffen, vielleicht sogar miteinander verreisen? Sie liebte mich ja immer noch, wie sie mehrfach beteuert hatte. Und ich sie auch.

Ich hatte ihr Paris als Treffpunkt vorgeschlagen, dabei mag unterschwellig die glückliche Erinnerung an unsere erste gemeinsame Reise mitgespielt haben.

Es war in den frühen Tagen unserer Liebe, wir hatten uns noch nicht so richtig aneinander gewöhnt, als ich Amelie eine Reise nach Paris vorschlug. Oh, Paris! Sie wurde fast übermütig bei dem Gedanken, ein Wochenende dort zu verbringen – eine Stadt, die sie noch nicht kannte. Ich zeigte sie ihr. Die berühmten Sehenswürdigkeiten, aber auch die Cafés und Bistros im Quartier Latin, in denen ich mich früher schon herumgetrieben hatte.

Es war ein leichtes, heiteres Wochenende, wir redeten viel miteinander. Wir plauderten darüber, wie es mit uns weitergehen sollte, und ich versprach ihr, in meinem bisherigen Leben aufzuräumen, um mit ihr neu anzufangen. Wenige Wochen später verließ ich meine Familie und zog bei ihr ein.

Ich sah sie unten auf der Straße aus dem Taxi steigen – die langen Beine kamen zuerst aus der Tür, so wie man es oft in Filmen sieht, wenn die Regisseure eine erotische Szene einleiten. So etwas wie ein wärmender Strom fuhr durch meinen Körper. Als sie die Wagentür schloss, ließ sie ihren Blick über die Fassade des Hotels gleiten, sah mich auf dem Balkon und winkte mir zu. Ich ging ins Badezimmer, betrachtete mich im Spiegel, fuhr mir mit dem Waschlappen ein paar Mal kräftig über das Gesicht, so als könnte ich das Alter herausreiben.

»Du siehst gut aus«, sagte sie, als ich die Zimmertür öffnete und ihr den Koffer abnahm.

»Und du erst«, antwortete ich.

Wir hatten uns ein paar Wochen nicht mehr gesehen. Mir kam es wie eine kleine Ewigkeit vor. Während sie ihre Kleider aus dem Koffer glattstrich und in den Schrank hängte, bestellte ich Latte Macchiato. Im Hin und Her der Worte schmolz die anfängliche Verlegenheit dahin. Sie erzählte ohne sonderliche Befangenheit, dass sie mit Paul beim großen Geburtstagsfest eines Bankiers in Düsseldorf gewesen sei. Von dort komme sie, und dort habe sie gemeinsame Bekannte getroffen, die sich nach mir erkundigt hätten.

»Na, da warst du ja vielleicht nicht die richtige Auskunftsperson«, sagte ich spitz, vielleicht ein wenig zu spitz, »es hat sich doch bestimmt herumgesprochen, dass wir nicht mehr zusammen sind.«

Bevor das Gespräch sich verkomplizierte oder gar in gegenseitigen Beschimpfungen endete, zog ich sie an mich und öffnete langsam die Knöpfe ihrer Bluse. Warum tat ich das? Es war nicht wie früher.

Das Wohlbehagen und die mühelose Lust wollten sich nicht so recht einstellen. Früher habe ich mich leicht gefühlt dabei, jetzt aber verfiel ich ins Grübeln, weil ich die Bilder nicht verscheuchen konnte, die in meinem Kopf von ihrem Aufenthalt mit Paul in Düsseldorf herumgeisterten. Ich sah sie beide mit aneinander gelehnten Körpern am Geburtstagstisch des Bankiers sitzen, ich sah sie durch die Drehtür des Hotels verschwinden, ich sah sie, wie sie, sich an den Händen haltend, vor den Schaufenstern der Luxus-Boutiquen auf der Kö stehen blieben.

Sicher war Paul auch in Paris noch in ihrem Kopf, deshalb war sie mit ihren Gedanken und Gefühlen nicht bei der Sache gewesen. Möglicherweise hatte sie aber auch, während sie mit versonnenem Blick meinen Kopf streichelte, nach den richtigen Formulierungen gesucht für das, was sie mir beim Abendessen sagen wollte.

In dem auf edel getrimmten und immer vollen »Fouquet's« auf den Champs-Elysées, wo ich noch einen Tisch bekommen hatte, gingen wir überhöflich miteinander um. Der Aperitif fiel reichlich aus. Sie trank ein paar Gläser Champagner – aber bei »Fouquet's« sind es eher Gläschen – und blieb auch während des Essens dabei.

Noch vor dem Dessert machte sie mir einen Vorschlag, wie es mit uns weitergehen sollte. Angespannt schaute Amelie geradeaus, als sie sagte: »Wir könnten zusammenbleiben, wenn du mir die Möglichkeit geben würdest, mit Paul ein paar Wochen, über das Jahr verteilt, mit Reisen und Wandertouren zu verbringen. Ich wäre nicht lange genug weg, als dass du mich vermissen würdest«, sagte sie. »Vielleicht ein paar Tage hier, ein Wochenende dort.«

Für ein paar Sekunden war ich sprachlos. In meinem Kopf begann es zu toben. Das Für und das Wider kämpften miteinander. Aber nicht lange. Als mein Blick auf den Wandspiegel fiel, sah ich ein Gesicht, das immer wütender wurde.

»Bring es hinter dich«, sagte mir eine innere Stimme.

Ich knallte die Serviette auf den Tisch und musste an mich halten, um nicht loszubrüllen. Stattdessen zischte ich sie an: »Du bist wohl nicht mehr bei Trost, was ist denn das für eine Schmierenkomödie, die du hier aufführst?«

Amelie gab sich überrascht. »Das ist doch ein faires Angebot«, entgegnete sie und sah mich kalt an.

Das war mir zu viel. Ich winkte den Kellner herbei und bezahlte. Es kommt selten vor, dass mich eine hohe Restaurantrechnung schmerzt. An diesem Abend aber war das der Fall.

Auf der Taxifahrt zurück entzog ich ihr die Hand, als sie danach griff. Im Hotel wollte sie noch in die Bar. Ich hatte nicht die geringste Lust, mich weiter mit ihr zu unterhalten, sie würde doch nur auf ihren Vorschlag zurückkommen, der mich fassungslos gemacht hatte.

Im Zimmer dann hielt sie es immerhin für angemessen, sich beim Umziehen nicht zusehen zu lassen, und ging mit dem Nachthemd in der Hand ins Bad. Als wir stumm im Bett lagen, war die Bettritze wie ein unüberwindbarer Graben, über den ich nicht mehr gehen wollte. Ich driftete in jenen Traum ab, in dem sich meine Zukunft abzeichnete. Ich sah mich allein in Flugzeugen und Zügen, allein in einer fremden Wohnung. Überall, wo ich mir begegnete, war ich allein.

Am Morgen, als ich aufwachte und der Traum noch in meinem Kopf herumgeisterte, nahm ich ihn als Vorzeichen für den endgültigen Abschied von meinem bisherigen Leben. Es gab nach der Demütigung des gestrigen Abends für mich keinen Zweifel mehr, dass Amelie nicht zu mir zurückkehren wollte, dass die Trennung richtig und die Scheidung unausweichlich war.

Am späten Vormittag stand ich auf dem Bahnsteig des Gare de Lyon. Ich hatte Amelie hierher begleitet, sie wollte den TGV nach Nizza nehmen und die kommenden Wochen in unserem Haus in Südfrankreich verbringen, um ihren Selbstfindungsprozess voranzutreiben, wie sie sich ausdrückte. Als wir vor der Tür ihres Waggons angekommen waren, versuchte sie es ein letztes Mal. Sie redete auf mich ein, doch mit einzusteigen. »Was willst du denn allein in Hamburg?«

Sie schien vergessen zu haben, was sie mir am Vorabend zugemutet hatte. Was ging in dieser Frau vor? Hielt sie es sogar für großherzig, was sie mir da angeboten hatte? Sie schien es jedenfalls für normal zu halten, einen Teil ihres Lebens mit mir und einen anderen mit Paul zu verbringen. Sie hatte sich offensichtlich in den Kopf gesetzt, diese »liberale Lösung« unseres Problems mit aller Macht durchzusetzen, mir ein Leben zu dritt schmackhaft zu machen. Sie war sich sicher gewesen, mich bei unserem Paris-Aufenthalt davon überzeugen zu können. Jedenfalls hatte sie schon die Nachbarn darauf vorbereitet, dass ich in unser südfranzösisches Dorf mitkommen würde, selbstsicher, wie sie war.

Als ich nicht in den Zug stieg, wurde sie wütend. Vielleicht, weil sie sich eingestehen musste, dass sie ihre Macht über mich eingebüßt hatte. Sie rief mir zu, wie enttäuscht sie sei, dass ich ihr nicht die Freiheit gönnte, noch einmal etwas zu erleben.

Ich sah dem abfahrenden Zug nach. Meine Lippen zitterten und ich konnte dieses Zittern nicht loswerden, als ich mir Mut zuflüsterte: »Du hast richtig gehandelt. Du kommst auch allein zurecht.«

Wie schmerzhaft dieses Alleinsein werden würde, wurde mir bewusst, als ich wieder in unserer Wohnung in Hamburg war.

Ich empfand die Zimmer, in denen ich nun als Single hausen sollte, wie ein Gefängnis. Zum ersten Mal kam mir der Gedanke, Hamburg zu verlassen und nach Berlin zu ziehen, wo mittlerweile einige meiner Freunde wohnten. Diese Absicht hatte sich bereits verfestigt, als ich wenige Tage nach meiner Rückkehr in einem Café an der Hamburger Alster unsere Anwältin und Notarin traf, um mit ihr die Scheidung zu besprechen. Dazu war ich nun entschlossen. Die Notarin war seit langen Jahren eine gute Freundin.

»Überleg es dir genau. Ein solcher Schritt lässt sich nicht rückgängig machen«, sagte sie zu mir.

Wir tranken schweigend Kaffee und sahen Fußgängern nach, die mit Schirmen an den hohen Fensterscheiben vorbeigingen. Bevor sie aufstand, sagte sie: »Wenn du nicht anders kannst, sollten wir uns noch einmal in meiner Kanzlei mit Amelie unterhalten. Ich bin ja mit euch beiden befreundet.«

An einem stattlichen Frühsommertag, von denen es hier im Norden nicht allzu viele gibt, trafen wir uns zu dritt. Die Fenster des Besprechungszimmers waren weit geöffnet, sodass die Forsythien aus der Rabatte vor dem Zimmer ihren Duft hereinwehten.

Marianne ließ sich nur schwer davon überzeugen, dass eine möglichst schnelle Scheidung unser gemeinsamer Wille war.

Amelie hatte sich rasch, sehr rasch einverstanden erklärt, als ich sie anrief und ihr meine Absicht mitteilte. Noch ehe ich ihr sagen konnte, wie leid es mir tue, ich aber nicht anders könne, klare Verhältnisse haben wolle, erklärte sie vieldeutig: »Das dient sicher der Beruhigung der Gemüter.«

»Ich kann mir einfach nicht vorstellen, dass ihr auseinandergeht«, sagte Marianne. Ob es denn so schwer für Amelie sei, auf ihre Liebelei zu verzichten. Wir hätten schließlich schon Silberne Hochzeit gefeiert, und das bedeute doch etwas. Wir seien doch ein so glückliches Paar gewesen, ja geradezu ein Vorzeigepaar. Sie riet ein weiteres Mal dazu, noch ein wenig abzuwarten, sie habe immer wieder erlebt, dass sich mit der Zeit einiges ändern könne, und bei uns glaube sie ganz fest daran.

Ich hoffte es zwar auch, aber glaubte nicht mehr daran. Dazu hatte ich zu viele eindeutige Sätze in ihren Mails gelesen. Ich wollte es hinter mich bringen und ich denke, Amelie auch, obwohl sie schon ein paar Wochen später die Meinung vertrat, dass wir uns zu schnell getrennt hätten. Sie wäre zurück gekommen, wenn ich ihr noch Zeit gelassen hätte. Wie sie überhaupt einiges, was damals diskutiert und beschlossen wurde, nachträglich in ein anderes Licht gerückt hat.

Zum Scheidungstermin erschien sie im Minirock. Wollte sie mir noch einmal ihre schönen langen Beine zeigen wie bei unserem ersten Rendezvous in der Hamburger Bar?

Der Richter bat uns, Platz zu nehmen. Er blätterte in den Scheidungspapieren, drehte währenddessen an seinem breiten Ehering, entschuldigte sich beiläufig für die Unwirtlichkeit des Ortes – und ließ seinen Blick einen Moment zu lange auf Amelies Beinen verweilen.

In der Tat hätte es auch ein Kantinenraum sein können mit den zahlreichen, zum Teil übereinander gestellten

Tischen und Stühlen an der hinteren Wand des Sitzungszimmers. Meinen Einwurf, unsere Hochzeit sei einst feierlicher gewesen, beantwortete er mit dem Hinweis: »Das hier geht dafür schneller.«

Er begann mit dem Abgleich der ihm vorliegenden Daten. An die Anwältin gewandt, sagte er: »Was das Materielle angeht, haben sich die Parteien ja geeinigt.« Das sei notariell beglaubigt. So bleibe nur noch die Frage, ob wir wirklich willens seien, auseinanderzugehen. Das formulierte er natürlich nicht so unjuristisch, aber ich hörte ihm da schon nicht mehr richtig zu.

Ich ging noch einmal in Gedanken alles durch, was dazu geführt hatte, dass wir hier in diesem erbärmlichen Gerichtssaal saßen. Ich dachte daran, dass die Serie von Ernüchterungen, Demütigungen und falschen Hoffnungen und somit die allerschlimmsten Wochen meines Lebens nun ein Ende haben würde.

Erleichterung aber spürte ich nicht. Im Gegenteil.

Als der Richter – nach exakt achteinhalb Minuten – das Urteil im Namen des Volkes verlas, was wir uns still anhörten, fühlte ich mich ausgebrannt, verbittert und wirklich achtzig Jahre alt. Die riesigen Gewichte, die mich in den letzten Monaten niedergedrückt hatten, fielen nicht von mir ab, wie ich es mir vorgestellt hatte. Auch die Anspannung löste sich nicht. Nun war lediglich amtlich besiegelt, dass wir uns getrennt hatten.

Dennoch verließen wir gemeinsam das wilhelminische Gerichtsgebäude am Hamburger Sievekingplatz. Amelie nahm mich an die Hand.

Ich dachte: Jetzt schleppt sie mich in ein Café, um Adieu zu sagen und mir alles Gute für den weiteren

Lebensweg zu wünschen, wie man das aus Romanen und Liedern kennt.

Es kam anders und überraschend. Da es schon in den Abend hinein ging, schlug sie ein Essen in jenem Lokal am Hafen vor, in dem wir uns einst so etwas wie ein erstes inoffizielles Jawort gegeben hatten.

»Mir ist nicht zum Feiern zumute«, entgegnete ich.

Ohne darauf einzugehen, redete sie auf mich ein, dass wir uns doch nicht verlieren dürften, schließlich hätten wir zwei gemeinsame Kinder. Als sie mich bittend ansah, winkte ich ein Taxi herbei.

»Ins Hafenrestaurant, bitte.«

Das Essen war gut und üppig, wir tranken reichlich von dem schweren sizilianischen Rotwein, den der Kellner uns empfohlen hatte. Wir gerieten ins Erinnern, holten Verschüttetes hervor und sprachen über das, was uns einst glücklich gemacht hatte.

Wir erinnerten uns vor allem an die hellen, glücklichen Sommertage in der Vaucluse, an denen wir mit den Kindern unter der großen Platane saßen, wo Harmonie und Lebenslust zu einem schwebenden Wohlklang zusammengeflossen waren. Wir erinnerten uns an die lauen Sommernächte, in denen wir schwärmerisch in unsere Zukunft geblickt hatten und den letzten Schluck tranken, als der erste Hahn krähte.

Wir packten so vieles in diesen Nachruf auf eine Ehe hinein, dass wir am Ende gar nicht mehr wussten, warum wir uns vor ein paar Stunden hatten scheiden lassen. Als sie einmal vom Tisch aufstand, um auf die Toilette zu gehen, fiel mein Blick wieder auf ihren kurzen Rock.

Als sie zurückkam, sagte sie: »Mein Verhängnis ist es, dass ich zwei Männer liebe.«

»Einen hast du heute abgestoßen.« Mit dieser Bemerkung erstickte ich die aufkommende Diskussion. Ich wollte nicht wieder darüber reden.

Als wir in unserer Wohnung ankamen, war es bereits früher Morgen. Die alte Sache nahm noch einmal Fahrt auf, seither weiß ich, dass es nicht nur eine Hochzeitsnacht gibt, sondern auch eine ebenbürtige Scheidungsnacht.

Am Nachmittag fuhr sie mit dem Auto nach Südfrankreich.

Am liebsten hätte ich mich an sie geklammert, aber ich wusste, dass ich mich von ihr wegbewegen musste.

8

Die Monate gingen dahin. Paul und Amelie verbrachten sie vorwiegend in Südfrankreich. Das erste Lebenszeichen, das ich erhielt, erreichte mich in Gestalt einer Reportage in einer Zeitungsbeilage. Der Reporter beschrieb den Dirigenten beim Zubereiten seiner speziellen Carbonarasauce, deren Rezept er als Geheimnis hüte. Amelie ging ihm beim Kochen zur Hand. Obwohl es sich um einen banalen Vorgang handelte, bekam er in der Beschreibung etwas von einer feierlichen Inszenierung, zumal sämtliche Küchenarbeiten unter jenem »Glückslächeln« vollzogen wurden, das Paul und Amelie einander unaufhörlich schenkten, wie der Autor schrieb.

Ich las von der noch jungen Liebe der beiden, die so unerwartet erblüht sei. Auf den Fotografien sah ich mein einstiges Haus in satten Grüntönen, sah den Dirigenten, wie er sich auf meinen Gartenmöbeln räkelte und so der Szene den Anschein gehobener Behaglichkeit gab.

Die Bilder, die realen und jene, die in mir lebendig wurden, versuchte ich mit ganzer Kraft zu verdrängen. Doch es gelang mir nicht, mich etwas anderem zuzuwenden. Ich konnte mich nicht von den bedrückenden

Vorstellungen lösen, wie Paul an meinem Herd stand, mit meinen Pfannen hantierte, im Bett meinen Platz besetzte und im Badezimmer in meinen Rasierspiegel schaute.

Als ich endlich aus diesem Zustand herausfand, fiel mein Blick auf den Namen des Autors. Es schüttelte mich. Ich kannte ihn aus gemeinsamen Redakteurstagen. Ich griff zum Telefonhörer.

»Das hättest du mir nicht antun dürfen. Du weißt doch, wie mich diese Geschichte mit Amelie und Paul mitnimmt. Ich habe es dir doch vor ein paar Wochen erzählt. Und dann auch noch diese Fotos!«

Er hatte kein Verständnis für die Verletzung, die sein Artikel in mir auslöste. Vielmehr überflutete er mich mit den Erlebnissen und Beobachtungen seines mehrtägigen Aufenthalts. Mit zunehmendem Unwillen hörte ich, was ich eigentlich nicht hören wollte: dass die Vögel die Kirschen von meinen Bäumen gefressen hätten, dass er das Auto, das Paul ihm für eine Ausfahrt überlassen hatte, ramponiert habe. Amelie habe ihm sogar das Haus für einen Ferienaufenthalt angeboten, unter der Bedingung, dass er die Blumen gieße, denn sie wolle Paul im Sommer bei einem längeren Ferienaufenthalt begleiten.

Ich blieb stumm, was sollte ich zu alledem auch sagen. Es tat weh, was ich da vernahm. Ich hörte nur noch halb zu, als der ehemalige Kollege berichtete, dass Amelie ganz allein für das Haus sorgen müsse, Paul kümmere sich um nichts. Eine Reihe von Reparaturen sei notwendig, der Garten verwildere.

Ich redete mir ein, dass mir das egal sei. Sollte das Haus doch verkommen. Als ich den Hörer aufgelegt hatte, versank ich in einer Art von Benommenheit. Die

Fotografien meines Hauses in der noch aufgeschlagenen Zeitung auf dem Tisch verschwammen vor meinem Blick und gingen unmerklich in jene Bilder über, die ich selbst in mir trug und die mich seit Jahrzehnten mit meiner selbstgewählten Heimat verbanden, die unsere gemeinsame Heimat gewesen war.

Unser Haus in der Vaucluse, etwa zwei Autostunden von Nizza entfernt, hatte ich 1985 von einem Bauern gekauft. Es war noch vor dem Ersten Weltkrieg erbaut worden. Als ich es zum ersten Mal sah, blühten auf der großen Wiese davor die Sommerblumen in unbändiger Fülle. Die Nordseite war, wie in der Gegend üblich, ohne Fenster und Türen, eine Art Schutzwall gegen den häufig über die Landschaft fegenden Mistral, der aber im Sommer die Gluthitze ein wenig abkühlt. Verheißungsvoll hatte der Bauer bei den Kaufverhandlungen gesagt: »Wenn Sie Glück haben, finden Sie hier im Winter den einen oder anderen Trüffel.«

Ein Vorfahr des Bauern hatte mit dem Erlös der Ernte eines besonders trüffelreichen Jahres das Haus erbaut. Es war geräumig und in gutem Zustand. Das Grundstück war riesig und wurde von einem Wäldchen gesäumt.

Nur wenige Tage, nachdem ich den Vertrag bei einem mürrischen Notar unterschrieben hatte, fuhr Amelie mit ihrem gelben Polo auf dem knirschenden Kies in den Hof. Sie stellte den Wagen unter die große Platane. Es war einer jener schönen Tage, an denen die flirrende Hitze den Augen wehtat, weshalb ich ständig blinzeln musste, als ich sie willkommen hieß.

Ich kannte sie noch nicht lange, vielleicht ein halbes Jahr, ich hatte eine Weile gezögert, mich ihr zu nähern.

Sie war ja so viel jünger als ich. Eines Abends, als sie bei mir geblieben war, hatte ich ihr erzählt, dass ich im Begriff sei, im Süden ein Haus zu kaufen.

»Oh, das ist ja wunderbar, da komme ich gerne hin«, war ihre spontane Reaktion gewesen.

Nun war sie da.

Sie trug ein luftiges Kleid und sah mich, als sie ausstieg, mit ihren großen Augen an, die so blau waren, als würden sie immer nur jubeln. Nie hatte sie mir besser gefallen als damals. Sie machte ein paar Schritte auf das Haus zu, drehte sich dann zu mir um und sagte: »Daraus lässt sich etwas machen.«

Das war ein wunderschöner Augenblick für mich, weil er so viel Zukunft verhieß. Ich war ihr dankbar und sagte es ihr auch.

Dies sollte das Refugium sein, in dem unsere Kinder groß werden würden und in dem ich die ruhigen Tage des Alters genießen könnte. Das war unsere Vereinbarung.

In den kommenden Jahren entschlossen wir uns, die große Scheune und die Stallungen umzubauen: Eine zweite Küche entstand, ein weiteres Wohnzimmer mit zwei Kaminen, ein Schlafzimmer mit dazugehörigem Bad und ein weiteres Arbeitszimmer. Es ist viel Mühe, Kreativität und Geld in die Umbauten und in den Neubau eines Swimmingpools geflossen. Da waren wir längst verheiratet. Und wir waren glücklich. Freunde, die uns nach und nach besuchten, bestätigten es immer wieder.

Paul hatte es schon früh ausgesprochen: »Ich liebe euer Anwesen. Ich beneide euch um euer Glück.«

Schläfrige Nachmittage unter der Platane, die seit mindestens hundert Jahren in der Mitte des Hofes stand.

Laute Nächte, in denen Gelächter und Fetzen der ausgelassenen Gespräche von einer der Terrassen hallten, was den Bauern vom benachbarten Hof einmal zur Bemerkung veranlasst hatte: »Die Deutschen sind wieder lustig.« Er sagte das voller Anerkennung: »Na, die Deutschen verstehen eben doch etwas vom Leben.« Und das taten wir auch, über viele Jahre hinweg.

Zu Amelies fünfzigstem Geburtstag war die lange Tafel im Hof so überbordend gedeckt, als handle es sich um eine Szene aus dem Film »Das große Fressen«. Ihre Familie und die vielen angereisten Freunde saßen zusammen, tranken, aßen und lachten durcheinander. Ihre Lobpreisungen auf die Jubilarin stiegen in das allmählich verdämmernde Blau des südlichen Himmels.

Während ich noch vorgebeugt auf dem Sessel vor dem Telefontischchen saß, die Worte meines ehemaligen Kollegen im Ohr, kam es mir vor, als sei ich einmal mehr, und diesmal im Beisein anonymer Zeitungsleser, aus meinem Leben vertrieben worden. Diese Erkenntnis war umso schmerzlicher, als ich mir sagen musste, dass diese öffentliche Demütigung sowohl von Amelie wie auch von meinem einstigen Freund Paul zumindest in Kauf genommen worden war. Hatte sie denn alles vergessen und verdrängt, was uns einmal zu einem unzertrennlichen Paar zusammengeschweißt hatte?

Unwillkürlich stand mir wieder jene Nacht vor Augen, in der Einbrecher in unser Haus eingedrungen waren und uns im Schlafzimmer mit den gefährlich scharfen japanischen Filetiermessern aus der Küche bedroht hatten. Es war eine Julinacht gewesen, in der die Hitze des

Tages noch nachglühte und das Einschlafen erschwerte. Amelie und ich lagen nackt und halbwach auf dem Bett. Ich glaubte Geflüster und das leise Knarzen von Schritten auf der Holztreppe zu hören.

»Ist da jemand?«

Noch in das angestrengte Lauschen hinein öffnete sich die Tür nahezu lautlos. Vor dem Bett standen zwei Männer mit schwarzen Masken wie aus dem »Tatort«, den wir am Abend zuvor gesehen hatten. In den halb erhobenen Händen hielten sie die Messer, als wollten sie gleich zustechen. Amelie und ich fuhren gleichzeitig hoch und wurden vom scharfen Strahl einer Stablampe niedergedrückt, die ein dritter Mann aus dem Hintergrund auf uns richtete.

»Silence! Silence!«

Dann schloss er die weit geöffneten Fenster und zog die Vorhänge zu. Man sollte meinen, dass einem in einer so bedrohlichen Situation die Kräfte schwinden. In dieser Nacht reagierte ich anders. Ich knipste die Nachttischlampe an und versuchte aus dem Bett zu springen. Ein Faustschlag auf den Kopf streckte mich nieder. Die vermummten Männer flüsterten miteinander, einer zischte mir etwas zu, was ich in meiner Benommenheit nicht verstand.

Als ich wieder zu mir kam, hielt mich Amelie in den Armen und sagte: »Mach, was sie von dir fordern.«

Sie wollten Geld, ich gab ihnen, was wir im Haus hatten. Es waren annähernd tausend Euro, die ich ein paar Tage zuvor aus Deutschland mitgebracht hatte. Sie wollten meine Kreditkarte haben. Ich gab ihnen die Börse, die auf dem Nachttisch lag. Sie musterten die Karten und nahmen nur diejenige, für die ich auf Anhieb den Code nennen konnte.

Als sich die Einbrecher nach einer angstvollen Stunde davonmachten und die herbeigerufenen Polizisten die Spuren sicherten, hatte ich das Gefühl, dass das, was wir gerade vor Angst zitternd erlebt hatten, uns noch näher zueinander gebracht hatte, als wir es eh schon waren. Ich nahm Amelies Kopf lange in beide Hände. Ich war nicht allein mit meinem Gefühl, ich sah es Amelie an, dass sie dasselbe empfand.

Hatte sie all das vergessen?

Ich blätterte um, versuchte einen weiteren Abschnitt in der Zeitung zu überfliegen. »Ich habe meinem Leben eine neue Wendung gegeben«, las ich. »Mit Paul an meiner Seite ist es heiterer geworden.«

Übelkeit packte mich. Ich stand aus dem Sessel auf und schleppte mich ins Badezimmer. Obwohl ich doch jetzt alleine war, schloss ich die Tür hinter mir zu. Ich weiß nicht, wie lange ich am Waschbecken stand, während warmes Wasser über meine Hände floss und ich in den großen Spiegel stierte.

Mir fiel ein, mit welcher Unbedarftheit ich Amelie das Haus überschrieben hatte, keine fünf Jahre mochte das her sein. Hatte mich der Teufel geritten? Was hatte mich eigentlich bewogen, das Haus vorzeitig aus der Hand zu geben?

Ich war vermutlich ein verliebter alter Trottel, der seiner Frau die Wünsche von den Lippen ablas. Hatte sie früher nicht auch schon den Wunsch geäußert, ihr das Haus zu überschreiben?

Es war ein zu schöner Herbst in der Vaucluse, der sich schlecht mit Gedanken an Notarverträge in Einklang bringen ließ. Aber dann rief ich doch einen befreundeten Anwalt an, von dem ich wusste, dass er auch französisches Recht studiert hatte. Er riet mir, die Hände von der Schenkung zu lassen.

Ich schlug seinen Rat in den Wind: »Bist du nun mein Anwalt oder nicht?«

»Oh ja, aber auch dein Freund.«

»Wie dumm bist du gewesen«, flüsterte ich meinem Spiegelbild zu. »Wie dumm.« Mir war, als verliere ich allen Halt, ich hielt mich am Beckenrand fest.

In der Rückschau kommt es mir vor, als sei es für Tage dunkel um mich geblieben. Ich steckte wie in einem Tunnel fest. Ich lief in der Wohnung auf und ab. Der Wunsch, noch einmal nach Südfrankreich zu fahren, nahm Züge von Besessenheit an, die umso stärker wurde, desto klarer ich erkannte, wie unvernünftig das war.

Es war, als forderten die Bilder des Zeitungsartikels noch einmal die Konfrontation mit der Realität. Ich wollte einfach nicht wahrhaben, was ich in der Zeitung hatte lesen müssen. Nun aber aber war mir plötzlich klar, dass aus der Verlustangst längst eine Verlustgewissheit geworden war, die ich nun nicht mehr übersehen konnte.

Mein Gott, ich war dabei, meine Würde zu verlieren. Ich musste etwas unternehmen.

9

Alexander riet mir, professionelle Hilfe zu suchen und zu einem Therapeuten zu gehen. Mit Alexander war ich seit vielen Jahren befreundet. Wir hatten uns auf einer Party in Hamburg kennengelernt und dabei überrascht festgestellt, dass wir beide aus Südbaden stammten und im Norden oft fremdelten. Das reichte, um eine Freundschaft zu begründen.

Auch als Alexander nach London ging und im Kunsthandel ein bedeutender Mann wurde, riss die Verbindung nicht ab. Im Gegenteil: Wir trafen uns regelmäßig, verbrachten mit unseren Familien sogar gemeinsame Urlaube, vor allem in seinem Haus auf Sizilien. Ich hatte das Gefühl, mit keinem anderen meine Hilflosigkeit, meine Notlage besser bereden zu können als mit ihm.

Ich flog also nach London, blieb ein paar Tage, sodass wir uns abends, wenn er aus dem Büro kam, ein, zwei Stunden unterhalten konnten. Wir rekonstruierten die einzelnen Phasen des Vorgefallenen, kamen aber immer zu dem gleichen Schluss, dass ich mich aus eigener Kraft nicht aus der psychisch vertrackten Lage würde befreien können.

Es hat lange gedauert, bis ich einen Therapeuten gefunden habe, mit dem ich klarkam. Ich hatte es mit einer bärbeißigen Ärztin versucht, die nichts von beruhigenden Medikamenten hielt und mit der Analyse-Sonde in meiner Kindheit herumstocherte, als wäre dort die Ursache dafür zu suchen, dass Amelie mir davongelaufen war.

Ich gab nach ein paar Sitzungen auf. Sie hatten mir keinerlei Befreiung gebracht, wozu die finstere Miene der Therapeutin beigetragen haben mag.

Aber ich brauchte dringend jemanden, der mich auf die richtige Spur setzte. Es sollte nach den schlechten Erfahrungen mit der Therapeutin ein Mann sein, bildete ich mir jedenfalls ein. Der Mann lief mir eines Abends über den Weg, als ich einen meiner langen Spaziergänge durch die Straßen machte, auf denen ich vor dem Schlafengehen meine innere Unruhe und mein monotones Grübeln zu besänftigen suchte.

Es war ein Psychiater, den ich schon lange kannte, weil er in Amelies Familie verkehrte, was kein Vorteil war, wie sich herausstellen sollte.

Es waren eigentlich keine Therapiestunden, eher hilfreiche Unterhaltungen unter Freunden auf der Couch im Wohnzimmer bei stets gefüllten Rotweingläsern. Er kam einmal in der Woche zu mir, wenn er mit seinen Patienten fertig war. Er glaubte, Amelie richtig einschätzen zu können. Alles spreche für eine Amour fou, aus der sie spätestens in ein paar Monaten zurückfinden werde.

»Sie hat sich in der Ehe wohl ein wenig gelangweilt«, argumentierte er. »Sie will sich mal richtig austoben. Aber sie wird bald merken, was sie an dir und der Familie hat.«

Dass hinter der Sache auch ein anderes Motiv stecken könnte, das über eine momentane Verliebtheit hinausging, wollte er nicht glauben.

Was für ein Esel bin ich gewesen! Ich wartete tatsächlich darauf, dass sie an der Wohnungstür stehen und sagen würde: »Da bin ich wieder. Es war alles ein Missverständnis, verzeih mir.«

Mit meinem Umzug nach Berlin hing es zusammen, dass ich einen neuen Therapeuten suchen musste.

Es hat einige Monate gedauert, bis ich an einen Verhaltenstherapeuten geriet, den eine Aura von Sorgfalt und Interesse umgab. Dr. Berger hatte eine elegant möblierte Praxis am Breitscheidplatz. Er hatte einen kleinen Hund, der sich mir gleich zutraulich näherte, so als rieche er, dass ich im Laufe meines Lebens viele Hunde gehabt hatte.

Ich erzählte Dr. Berger meine Geschichte, wobei ich mich bemühte, es mit fester Stimme zu tun, wie ein Mann, den eine Gefühlssache nicht aus der Spur werfen kann. Ich war erleichtert, als der Therapeut mein Getue durchschaute und mir zu verstehen gab, dass er wisse, wie mir zumute sei. Nach allem, was ich ihm erzählen würde, habe er den Eindruck, dass in mir im Verborgenen eine Sehnsucht wabere, mit der ich nicht fertig wurde, ja, dass ich die Frau, die mich durch die Hölle gejagt habe, immer noch heftig liebe.

»Sie haben Liebeskummer«, sagte er.

So einfach war das also.

Hinter der simplen Formulierung steckte mein ganzes Dilemma. Ich bekam Amelie nicht aus meinen

Gedanken. Ich wollte sie um jeden Preis zurückhaben. Und tatsächlich: Um keinen Menschen habe ich jemals so gekämpft wie um Amelie, noch nie habe ich einem Menschen so oft geschrieben, manchmal mehrmals am Tag, und nie habe ich derart verzweifelte Telefongespräche geführt wie mit ihr. Nie habe ich einem Menschen so oft mitgeteilt, wie sehr ich ihn vermisse. Und überhaupt das Schlimmste an der ganzen Sache war, dass ich Amelie sogar noch vage verteidigte, wenn jemand, der mir nahestand, zu erbarmungslos auf sie eindrosch. Ich verhielt mich immer noch loyal ihr gegenüber.

Das wolle er mir austreiben, sagte Dr. Berger.

Er hat natürlich nicht »austreiben« gesagt, sondern einen Fachausdruck benutzt, den ich nicht kannte.

Das Feld für die kommenden Therapiestunden war abgesteckt. Dr. Berger war ein Typ Mann, offen und zugeneigt, dem ich rasch Vertrauen entgegenbrachte, auch wenn ich zunächst irritiert war, dass er mir kaum widersprach, lediglich das eine oder andere zu erwägen gab. Beispielsweise wollte er herausfinden, ob meine gelegentlichen Treffen mit Amelie mich nicht noch mehr in die Depressionen hineintrieben, als dass sie mir guttäten. Ich solle da ehrlich sein.

Aber es war ja mein Problem, dass es mir nicht gelingen wollte, mir ein Leben ohne Amelie vorzustellen, obwohl mir klar war, dass dies der richtige Weg wäre, aus der Verstrickung herauszufinden. Stattdessen glaubte ich, mein Leid zu lindern, wenn ich sie nur oft genug treffen konnte. Es versetzte mich in leise Panik, wenn ich mich in den letzten Jahren meines Lebens ganz auf mich selbst gestellt sah, allein und wie in einer Klosterzelle.

Wer würde mich finden, wenn ich in meiner Wohnung umkippte und liegen blieb? Oder einfach nicht mehr fähig wäre, die Alltagsdinge anständig zu erledigen. Stundenlang konnte ich darüber grübeln. Ich lehnte mich dann in meinem Sessel zurück, schaute zum Fenster hinaus ins Grau über den Dächern der gegenüberliegenden Häuser und zerfloss vor Selbstmitleid.

Einige Mails, die mir Amelie in diesen Wochen schickte, weckten unerwartete Empfindungen. Sie machten selbst den Therapeuten stutzig: Schon beim Aufwachen hätte sie beim Gedanken an mich losheulen können. Mehr denn je verachte sie sich dafür, was sie mir angetan habe. Nein, das schreibe sie nicht bloß so daher … Sie frage sich, wie sie mich dermaßen verletzen konnte. Nun wolle sie alles so tun, wie es für mich richtig und erträglich sei. Sie werde bald nach Berlin ziehen, um der Familie nahe zu sein.

Auf meine Frage, ob denn Paul mit ihr kommen würde, bekam ich die ausweichende Antwort, er werde sie sicher besuchen.

Amelie begleitete seit unserer Scheidung ihren neuen Lebensgefährten, wie sie Paul jetzt nannte, auf fast allen Reisen. Sie ließ ihn nicht aus den Augen. Er war ein gefragter Dirigent, vor allem, wenn es um das romantische Repertoire ging, Mahler allen voran. Und nun dirigierte er auch häufiger Wagner, seit er mit »Tristan und Isolde« sein Debüt gegeben hatte.

Amelies Auftritte an Pauls Seite bei den Empfängen, die sich meist an die Konzerte anschlossen, müssen in ihr das Gefühl ausgelöst haben, oben angekommen zu sein. Sie hatte offensichtlich die Fähigkeit an sich entdeckt, ohne Scheu in gesellschaftliche Schichten vorzudringen, die ihr bisher verschlossen gewesen waren. Sie schien nach dem Geschmack dieser Kreise zu sein.

Ein Freund Pauls, mit dem ich in lockerer Verbindung stand, beschrieb einmal die Neugier, die ihre Erscheinung auf sich zog, wenn sie an der Seite von Paul die gesellschaftliche Bühne betrat: »Alle Blicke hefteten sich an ihre Gestalt.«

In einem Rausch aus allgemeiner Anerkennung und neuem Liebesglück ließ sich Amelie durch die Welt treiben. Sie fühle sich wie auf Händen getragen und auf Federn gebettet, schrieb sie mir einmal. Sie verfasste ihre Mails meistens am frühen Morgen, wenn der Geliebte ihr noch nicht über die Schulter schauen konnte, wenn sie am Computer saß.

Ich hatte mir, seit wir getrennt waren, angewöhnt, meine Tage mit dem Hochfahren des Computers zu beginnen. So las ich auf nüchternen Magen manchen geradezu feierlichen Bericht von ihren Erlebnissen hinter den Türen der schönen neuen Welt.

In einer Mail steigerte sie sich in die Verteidigung ihres Bruchs mit ihrem bisherigen Leben hinein: Eines sei ganz gewiss. Sie musste ausbüxen, sie musste diesen Schritt tun, niemals hätte sie es sonst geschafft, sich aus ihren inneren Zwängen zu befreien.

Es wurde mir zu viel. Ich schrieb ihr, dass sie mir mit ihren Schilderungen arg zusetze.

Auf ihrem Höhenflug gab es aber auch immer wieder Luftlöcher, Momente, in denen sie in einem melancholischen Heimwehgefühl von der Vergangenheit eingeholt wurde, beispielsweise auf einem Flug nach Amerika, von wo aus sie die Schäfchenwolken unter sich beobachtete, die »schwarze Schatten auf das glänzende Meer« warfen.

Schatten würden ihr Gemüt verdunkeln, ihre Tage beschweren und ihr den Schlaf rauben … Sie hätte ihre Erdung verloren, mich und die Kinder … Sie habe ein einziges Mal in ihrem Leben etwas gewagt, Neues ausprobiert, dies aber schon Tage später innerlich in Frage gestellt. Zerrissen sei sie, weil sie einerseits etwas Eigenes und andererseits wieder unser aller Leben leben möchte. Meines, weil sie niemals aufgehört habe, mich zu lieben und sich um mich zu sorgen, das der Kinder, weil sie sie nach all dem Trubel wieder glücklich machen wolle. Ihr Traum sei eine Wohnung an meiner Seite, Tür an Tür. Gemeinsame Unternehmungen, Kuschelstunden inklusive. Und ganz viel Freiraum für sich und ihr eigenes Leben, das schließe Pauls Besuche und Reisen mit ihm ein.

Amelie verfügte über einen beträchtlichen Vorrat an taktischen Möglichkeiten, das, was sie in Wahrheit erreichen wollte, immer wieder neu zu formulieren und gefällig zu verpacken: »Ich kann Spagat«, hatte sie bereits bei unserem folgenschweren Treffen in Paris ihre Absicht gerechtfertigt, ihr Leben mit zwei Männern zu teilen, für zwei Männer »Verantwortung zu übernehmen«.

Damals hatte ich sie noch angebrüllt, sie solle mich mit diesem Achtundsechziger-Quatsch in Ruhe lassen.

Dieses Mal biss ich in den Köder, den sie mir hingeworfen hatte. In der nächsten Therapiestunde unterbreitete ich Dr. Berger meine Absicht, mich mit Amelie einmal im Monat für zwei, drei Tage zu treffen. Denn dieses Angebot und die Versicherung, immer für mich da zu sein, wenn ich sie brauche, hatte sie ihrer Mail aus den Wolken hinterhergeschickt. Vom Zusatz, Pauls Zeitplan habe selbstverständlich Vorrang, sagte ich Dr. Berger nichts.

Das war ein Fehler. Er hätte sicher mit überzeugenden Argumenten versucht, mich von meinem Vorhaben abzubringen, aber es wäre ihm, so wie die Dinge lagen, zum damaligen Zeitpunkt nicht gelungen. Ich ließ meinen aufdringlichen Fantasien freien Lauf. Es waren fiebrige Szenen von langen Liebesnächten, in denen mir Amelie alles an Entgegenkommen anbot, zu dem sie fähig war.

Zu alledem runzelte der Therapeut nur die Stirn. Aber ich nahm das Angebot gegen seinen Rat an.

In den folgenden Wochen machten Amelie und ich lange Spaziergänge, kauften wie einst gemeinsam unser Essen ein, saßen halbe Nächte zusammen und tranken Wein. Auf das Kopfkissen meines Bettes legte sie eine Postkarte mit dem Spruch: »A true lovestory never ends.«

Mein eigentlich kritischer Verstand war von einer hochgradigen Naivität schachmatt gesetzt worden. Ich blendete aus, dass ich nur noch zweite Wahl war. Ich brachte Amelie bei unseren Rendezvous' so viel Aufmerksamkeit und Zärtlichkeit entgegen, wie ich nur konnte.

Es war also nicht grundlos, dass sie mir eines Abends sagte: »Wir küssen uns ja wie ein junges Liebespaar, das muss ja auch nicht sein.«

»Damit wartest du wohl lieber auf Paul«, entgegnete ich. »Vermutlich kannst du es gar nicht erwarten.«

Bei dem Gedanken wurde ich zornig und hielt ihr vor, ich wisse eigentlich nicht, warum ich hier sei, ihr

Gehabe als Rotkreuzschwester gehe mir auf die Nerven. Ich würde schon allein damit fertig werden, dass sie mich sitzen gelassen habe. Sie wolle nur ihr schlechtes Gewissen beruhigen, indem sie mir ein Besuchsrecht einräume.

Wie immer, wenn sie unter Druck geriet, brachte Amelie sich in Rage. Ich meinte zu sehen, wie es in ihr tobte und raste. Sie sprang auf und schrie mich an, ich solle ihr die Vorwürfe ersparen, ich sei schließlich auch Schuld daran, dass alles so gekommen sei, sie habe ausbrechen müssen und so weiter und so weiter. Sie betete mein ganzes Sündenregister her, angefangen bei meinem Unvermögen, ihr den Freiraum für ihre Entfaltung zu lassen, bis zum Bruch meiner ersten Ehe und den beiden unmündigen Kindern, die ich hätte sitzen lassen.

Während sie sprach, verstärkte sich mein Gefühl des Unwohlseins, vor allem, als ich daran dachte, dass sie aus meinen Armen gleich in die von Paul fallen würde.

Ich blieb ihr einige Monate fern, was mir das Leben auch nicht gerade leichter machte.

In den frühen Dezembertagen fuhr ich für ein langes Wochenende wieder zu ihr in unsere alte Wohnung nach Hamburg, in der sie nach wie vor lebte, wenn sie nicht in Frankreich oder in München war. Wir redeten viel miteinander in diesen Tagen, was Amelie mit der Bemerkung kommentierte, ich sei ein richtig geselliger Typ geworden, eine Eigenschaft, die sie an mir früher eher vermisst habe. Es ging vielfach um das Thema Geld. Es ging um ihre Altersversorgung, die ich für sie eingerichtet hatte und die sie sich jetzt auszahlen lassen wollte.

Sie sei blank, müsse womöglich arbeiten gehen, was schwierig sei, weil sie schließlich das Haus im Süden instand halten müsse, schon wegen der Mieter. Auf Mieteinnahmen sei sie jetzt angewiesen.

»Unterstützt Paul dich denn nicht?«, fragte ich.

»Doch, das tut er. Es bleibt ihm ja nichts anderes übrig, nachdem du die Unterhaltszahlungen eingestellt hast.«

Sie gestikulierte wild, als sie mir diesen Satz entgegenwarf. Ihre angenehme Stimme war scharf geworden, sehr scharf. Wie kleine Geschosse feuerte sie kurzatmig Vorwurf auf Vorwurf ab. Ich wurde kleinlaut.

Wo immer wir uns während meines Aufenthaltes in der Hamburger Wohnung stritten, unterhielten oder zärtlich begegneten, starrte Paul uns aus Bilderrahmen an. Zu den Fotos von mir, die sie nicht abgehängt hatte, waren nun die von Paul gekommen. Eines am Kühlschrank, das sie gemeinsam in Rom zeigte, verdeckte ich mit einer Sparmarkenkarte von Edeka. Das Sammeln von Sparmarken war ein Tick von mir.

»Ist Paul eigentlich nie eifersüchtig?«, fragte ich.

»Er weiß, dass du hier bist, er hat nichts dagegen. Er kennt keine Eifersucht. Ihm genügt es, dass ich an seiner Seite bleibe und wir so viel Zeit miteinander verbringen wie möglich. Was ich sonst tue, ist ihm gleichgültig. Er ist ein toleranter Mensch, Hauptsache, ich komme immer wieder zu ihm zurück. Er hat erst kürzlich erklärt, als wir über dich sprachen, dass es ihm nichts wegnehmen würde, wenn ich mich mit dir treffe, wenn ich ihm nur nicht davonlaufe. Davor fürchtet er sich. Er hat mir deshalb auch einen Heiratsantrag gemacht.«

»Obwohl er noch nicht geschieden ist?«

»Das läuft.«

»Willst du ihn denn heiraten?«

»Das schließe ich nicht aus, ich muss ja auch an mein Alter denken.«

Sie hatte wieder in ihren Plauderton gefunden und gab sich vernehmbar große Mühe, ihre Nähe zu Paul als etwas Selbstverständliches und Alltägliches hinzustellen. Sie erzählte von den vielen Reisen, die sie geplant hätten, nach Brasilien, nach Amerika, demnächst sogar nach Indien. Sie erzählte von den Gesprächen mit Paul, aus denen sie so viel Gewinn für ihre vernachlässigte Bildung ziehe, schließlich habe sie es ja nicht einmal zum Abitur geschafft. Da habe sie Nachholbedarf. Sie erzählte von den völlig neuen Naturerlebnissen, die sie beim Wandern mit Paul habe, und den interessanten Menschen, die sie als Gefährtin von Paul kennenlerne. Sie redete und redete.

Ich hörte nicht mehr richtig zu. Ich schnappte nur noch ein paar Brocken auf, weil mein Name fiel. Sie wolle auch für mich immer da sein, mich nie verlieren, für mich sorgen, da ich ja nun ins Alter komme, aber das wisse ich ja alles, das habe sie mir oft genug gesagt, und dazu stehe sie.

Ich fragte mich nur, wie sie das machen wollte, bei dieser vielen Reiserei und den immer länger werdenden Aufenthalten in Pauls Münchner Wohnung.

Als sie am nächsten Morgen die Tür zum Wohnzimmer hinter sich zuzog und ankündigte, jetzt ein Gespräch mit Paul führen zu wollen, wurde es mir zu viel.

Ich hörte, wie Amelie telefonierte, mit gedämpfter Stimme, die aber nicht so gedämpft war, dass ich Sätze wie »Ja Liebster, morgen bin ich bei dir« nicht doch noch hätte verstehen können. Sie telefonierte immer noch, als ich meine Sachen in den Koffer warf und die Wohnung ohne Gruß und Erklärung verließ. Ich spürte im Hinausgehen, dass es jetzt darauf ankam, die aufkommenden Impulse, zurückzugehen, nicht zuzulassen.

Ich fuhr nach Berlin. Noch im Zug schrieb ich Dr. Berger eine Mail mit der Bitte um einen schnellstmöglichen Termin.

Tags darauf schilderte ich ihm ziemlich kleinlaut, in welche seelischen Niederungen ich gestürzt war. Nur weil ich geglaubt hatte, von Amelie nicht loskommen zu können, sie nicht loslassen zu dürfen, weil sie dann für immer für mich verloren wäre. Ich versuchte mich mit dem Gefühl des Alleinseins zu arrangieren, aber ich konnte mir nicht vorstellen, dass dies zum Dauerzustand werden würde, konnte nicht glauben, dass ein Morgen ohne ihren Gruß beginnen und ein Abend ohne ihren Kuss enden könne.

Ein Therapeut darf sich seinen Patienten gegenüber wohl keinen Spott erlauben. In den Augen von Dr. Berger glaubte ich dennoch ein ironisches Aufblitzen zu bemerken, als er mir dazu gratulierte, endlich begriffen zu haben, was für ein Spiel Amelie mit mir spiele. Ja, er habe es nicht gern gesehen, wenn ich mich mit ihr verabredet hätte, besser gesagt, wenn sie zwischen ihren vielen Reisen und anderen Verpflichtungen an Pauls Seite ein wenig Zeit für mich gefunden hätte. Es waren ja wirklich oft nur Stunden gewesen. Dr. Berger sah es als großen Therapie-Fortschritt an, dass ich in Hamburg die Tür hinter mir zugeschlagen hatte.

Für den Heimweg von der Therapiestunde nahm ich nicht wie gewöhnlich den Bus am Breitscheidplatz. Ich hatte einiges zu verdauen, und damit musste ich allein sein. Ich bog in den Kurfürstendamm ein.

Es nieselte. Es war Rushhour. Viele Menschen drängten sich aneinander vorbei. Gott sei Dank sahen sie nicht, in welchem Zustand ich war. Meine Stimmung passte zum Regen, der mir ins Gesicht schlug. Ich ging langsam und wie in Trance an den schon beleuchteten Schaufenstern vorbei. Für den Weg zum »Café Reinhard's«, den man bequem in fünfzehn Minuten schafft, brauchte ich mehr als eine halbe Stunde. Hier war ich oft und gerne. Das großstädtische Flair hatte mir geholfen, in Berlin Fuß zu fassen. Ich ging auf die Toilette und wusch mir das Gesicht.

Danach saß ich eine Stunde lang geknickt und finster an einem der kleinen Bistrotische. Für die Frau mit den großen blauen Augen, die mir gegenübersaß, hatte ich kaum einen Blick. Ich antwortete ihr einsilbig, als sie mich fragte, ob der Grüne Veltliner schmecke: »Er ist trinkbar.«

Ich hätte ihr auch zur Antwort geben können: »Lassen Sie mich bitte in Ruhe, mit den Frauen bin ich durch.«

Ich muss ziemlich trübsinnig dreingeblickt haben, denn der Kellner fragte mich, ob alles in Ordnung sei. Statt einer Antwort bat ich ihn, mir noch ein Glas Wein zu bringen. Ich trank es rasch leer. Mit dem letzten Schluck stand mein Entschluss fest. Ich werde Amelie nicht mehr schreiben, nicht mehr mit ihr reden, sie nicht mehr treffen.

Jetzt musste endlich Schluss sein.

»Sie müssen sich vor ihr schützen, nur so können Sie gesund werden und wieder Freude am Leben finden.« Diesen Rat hatte mir Dr. Berger mit auf den Heimweg gegeben.

Ich war entschlossen, mich ab jetzt daran zu halten. Ich wollte das Unbehagen abschütteln, das meine Lebensfreude auf den Nullpunkt gedrückt hatte. Ich wollte das Gespenst der Depression zum Teufel jagen.

Es hatte aufgehört zu nieseln, als ich das Café verließ. Der Mond, der immer wieder zwischen Wolkenfetzen hervorkam, warf sein fahles Licht auf den nassen Asphalt. Ich ging nicht schnurstracks nach Hause, ich machte Umwege. Die kühle Nachtluft belebte mich.

Ich fühlte mich erleichtert, als ich meine Wohnung betrat. Mir war klar, dass ich noch nicht das rettende Ufer erreicht hatte, aber ich ging ohne grüblerische Gedanken ins Bett, nachdem ich eine Aufnahme der Goldberg-Variationen gehört hatte, deren gelassene Strenge immer schon mein Gemüt beruhigt hatte.

Ich schlief in dieser Nacht wie auch in den folgenden wie ein Betäubter dank eines Antidepressivums, das mir Dr. Berger verschrieben hatte. Morgens allerdings, wenn ich zum Teekessel in die Küche taperte, überkam mich nach wie vor das mittlerweile schon vertraute bedrückende Gefühl des Alleinseins. Ich stand am Herd und steigerte mich in eine Verzweiflung hinein. Ich ging dann zum Telefon und verabredete mich mit Menschen, die ich nur flüchtig kannte, Hauptsache, sie brachten

Ablenkung. Es war eine Zeit des Umhervagabundierens, um der Einsamkeit zu entfliehen.

Oft konnte ich allerdings auch dem Drang nicht widerstehen, schnell zurück ins Bett zu gehen. Ich döste dann bis in den frühen Nachmittag vor mich hin, und hätte ich nicht eine Konzert-Karte für den Abend gehabt, ich wäre antriebslos im Bett geblieben.

Es waren nur wenige Tage vergangen nach dem, was ich »den Entschluss« nannte, als ich meiner Tochter Anna, die mittlerweile in Berlin lebte, eine kleine Feier zu ihrem Geburtstag ausrichtete. Ich hatte ihr schon Wochen vorher versprochen, ein Abendessen zu kochen. Sie hatte dazu ein paar Freunde in meine Wohnung eingeladen. Ich hatte den Tisch sorgfältig gedeckt und mit Blumen geschmückt. Die Servietten waren ordentlich gefaltet und die Schlieren an den Weingläsern beseitigt, das Besteck, das ich aus der Schublade mit dem Familiensilber geholt hatte, war richtig angeordnet.

Ich stellte gerade die Schüssel mit den in einer feinen Gemüsesauce angerichteten Spaghetti, die sich Anna gewünscht hatte, auf den Tisch, als es an der Wohnungstür klingelte.

Anna sprang auf, öffnete und erblickte überrascht Amelie. Ihre Mutter trug das schwarze Kleid mit den weißen Punkten, das ich ihr in einvernehmlichen Tagen gekauft hatte. Sie hatte es angezogen, um mir zu gefallen, bildete ich mir ein. Sie lächelte die Gäste an, sie lächelte mich an, sie lächelte so, als sei es eine Selbstverständlichkeit, an dieser Geburtstagstafel Platz zu nehmen. Ich schob ihr Teller und Besteck hin. Sie legte mir ihre Hand auf den Arm, als wolle sie den Gästen bedeuten: »Seht, wir verstehen uns nach wie vor.«

Ich zeigte mich von meiner geselligsten Seite, auch Amelie gegenüber. Wenn sie mir zulachte, lachte ich zurück. Wenn sie mir zuprostete, prostete ich zurück.

Wir belauerten uns dennoch den ganzen Abend. Ich gab mir Mühe, die Rolle des gut gelaunten Mannes zu spielen, dem das alles nichts ausmachte und der kein Problem damit hatte, mit seiner Ex-Frau am Tisch zu sitzen.

»Du warst ja wie früher«, sagte sie mir zum Abschied.

Ich hatte die Runde kurz nach Mitternacht aufgelöst. Obwohl ich zu viel getrunken hatte, war ich noch schlagfertig genug, ihr zu antworten: »Siehst du, ich bin gar nicht der Miesepeter, für den du mich hältst.«

Es hätte mich nicht gewundert, wenn sie die Zahnbürste und ihre Schminksachen aus der großen Handtasche gezogen hätte, um zu bleiben. Wenn ich ehrlich bin, hätte mir das gefallen. Aber sie bestellte sich ein Taxi zum Gendarmenmarkt. In einem Hotel dort wartete wohl Paul auf sie.

Nach dieser Party habe ich Amelie zehn Monate nicht mehr gesehen und nicht mehr gesprochen.

Als ich am Morgen nach Annas Geburtstag ihre Nummer auf meinem Display sah, nahm ich den Hörer nicht ab. Auch die vielen Mails und WhatsApp-Nachrichten, die ich in den folgenden Wochen von ihr bekam, beantwortete ich nicht.

Auch wenn sie noch so dringlich klangen: Sie stünde oft in einem inneren Dialog mit mir. Vor allem hier in der Vaucluse wolle sie mir immer etwas zurufen, mich etwas fragen, Dinge mit mir besprechen. Mit wem sonst?

»Mit Paul, verdammt noch mal!«, hätte ich gerne geantwortet.

Ich staunte über meine Festigkeit, mit der ich ihre Nachrichten in den Papierkorb verschob. Nur manche hatte ich vorher gelesen. Ich hoffte, dass sie mein Schweigen respektieren und mich künftig mit ihren Mitteilungen in Ruhe lassen würde.

Doch sie schrieb weiter. Und ich schwieg, auch wenn sie mich über Seiten hinweg beschimpfte.

Die stummen Wochen wurden zu Monaten. In meinem Kopf türmten sich Sätze, die ich ihr gern geschrieben hätte, zu einem Wortgebirge. Ich befürchtete, dass mir der Schädel zerspringen könnte, wenn ich es nicht abtrug. Ich kaufte mir Notizhefte und begann aufzuschreiben, was sich da zusammengeballt hatte, eine Chronik der Ereignisse sollte daraus werden.

Nur ganz, ganz langsam gelang es mir, mich von ihr zu lösen, ja zu befreien, trotz des nicht versiegenden Flusses von Alltagsberichten, Reiseschilderungen und Liebesbezeugungen, die ich nach wie vor von Amelie bekam. Ganz ging sie mir allerdings nicht aus dem Kopf.

Aus den Gesprächen mit Dr. Berger wusste ich, dass ich einige Jahre lang mit Stimmungsschwankungen zu rechnen haben würde. Aber, Gott sei Dank, gab es auch wieder lichte Stunden, die ich mit Freunden verbrachte.

Ich hatte nach der Trennung von Amelie lange Zeit keine größeren Reisen mehr gemacht, vor allem nicht in Flugzeugen. Schon bei der bloßen Vorstellung, einen Flug im Internet buchen zu müssen, gar in ein Flugzeug zu steigen, das mich an einen bislang unbekannten Ort bringen sollte, geriet ich neuerdings in Panik. Das konnte niemand recht begreifen, mit dem ich darüber sprach. Mal schob ich die Ängste auf meine Depression, mal auf mein Alter.

Franz half mir eines Tages aus der Falle, als ich ihm sagte, dass ich im Sommer einen Monat bei meinem Freund Alexander auf Sizilien verbringen wolle, aber da müsse ich nach Palermo fliegen, und das traue ich mir nicht zu.

Franz verlangte die Daten, ich gab sie ihm. Er setzte sich an den Computer und druckte Minuten später ein Ticket aus. Das hatte eine starke Wirkung auf mich. Er hätte in seiner zur Barschheit neigenden Art gar nicht sagen müssen: »Von meinem Vater erwarte ich, dass er sich etwas zutraut.«

Als es so weit war, bedurfte es noch etwas Überwindung, alles in einem großen Koffer zu verstauen, was man für einen Monat braucht. Die Mühsal, die man heutzutage beim Fliegen mit dem Einchecken und den scharfen Kontrollen hat, machte mir dann weniger aus, als ich befürchtet hatte. Ich spürte, dass ich viel von dem verlorenen Zutrauen in mich zurückgewonnen hatte und dass mein Gehirn mit den neurotischen Ängsten souveräner umging als bisher.

Wenn ich nun im Garten meines Freundes Alexander saß und in die Weite blickte, war das etwas ganz anderes als das Durchs-Fenster-Stieren in der Berliner Wohnung.

Mein Auge erfreute sich an der Schönheit der Landschaft, prägte sich ihre Konturen und Farben ein, mein Ohr nahm Geräusche wahr, die ich noch nicht kannte.

Es wurden schöne, helle Tage. Ich las, schrieb, schwamm und machte lange Spaziergänge. Mit meinem Freund machte ich Ausflüge in die Berge, wir bestaunten Kunstwerke in alten Kirchen, aßen in Gasthöfen Spaghetti in allen Variationen. Wir redeten, kramten in unserer gemeinsamen Vergangenheit und blickten in die Zukunft.

Bei einer dieser Abendunterhaltungen – wir saßen auf der Terrasse, die Lichter der fern in den Bergen versteckten Dörfer blinkten auf, Musikfetzen wehten von einem nahen Gasthof herüber – erzählte Alexander ganz beiläufig, dass Amelie sich mit der Bitte an ihn gewandt habe, auf mich einzuwirken, doch wieder Kontakt mit ihr aufzunehmen.

»Und was hast du ihr geantwortet?«

Er stand auf und ging die paar Schritte ins Haus. Als er zurückkam, hielt er ein Blatt Papier in der Hand. Er las mir vor, was er ihr geschrieben hatte: »Du hast ein anderes Leben gewählt, jetzt solltest du auch konsequent sein und dieses Leben ohne den Mann führen, den du verlassen hast. Er muss und will ein neues Leben ohne dich beginnen – ohne Blick zurück. Er will und braucht Distanz zu dir. Seine Freunde ermuntern und unterstützen ihn dabei.«

Er sah mich an. »Du bist fast wieder der Alte«, sagte er dann und schlug mir auf die Schulter.

Ja, ein wenig hatte sich mein Seelenhaushalt geordnet, ganz im Gleichgewicht aber war ich noch nicht.

Ob ich das jemals schaffen würde? Dr. Berger hatte darauf eine einfache Antwort. Ich solle mich mit dem zufrieden geben, was ich bisher erreicht hatte. Er schätzte meine Fortschritte immerhin so optimistisch ein, dass er mich einen »stolzen Single« nannte. Möglicherweise war ich das, aber ich wollte es nicht bleiben. Der Rückzug auf mich selbst behagte mir nicht.

Ist es lächerlich, wenn sich ein Mann in meinem Alter noch nach Frauen umschaut, fragte ich mich. Ich bin seit mindestens fünfzig Jahren ein regelmäßiger Leser der »Zeit«. Ich hatte den Kontaktanzeigen bisher keine Beachtung geschenkt, aber nach dem Gespräch mit Dr. Berger über das Single-Dasein änderte sich das.

Jeden Donnerstag, nachdem ich die »Zeit« aus dem Briefkasten geholt hatte, las ich die Annoncen, manchmal mit der Lupe, weil sie so klein gedruckt waren. Mit »Sie sucht ihn« fing ich an. Wenn ich glaubte, etwas gefunden zu haben, überlegte ich nicht lange, sondern schrieb einfach: »Ihre Anzeige hat mir sehr gefallen, ich möchte Sie gerne kennenlernen. Können wir uns treffen?«

In den meisten Fällen bekam ich Antwort, auch Fotos, die mir aber nicht gefielen – mit einer Ausnahme. Das Bild zeigte eine Sechzigjährige mit feinen, südländischen Gesichtszügen und einem blonden, ungeordneten Haarschopf, der mich in den Bann zog. Ich liebte nämlich ungeordnete, blonde Haarschöpfe, je blonder, desto besser. Ich schloss für ein paar Minuten die Augen, und als das Bild vom Blondschopf immer noch gegenwärtig war, ging ich zum Telefon und traf eine Verabredung.

Wir gingen ein paar Mal miteinander ins Kino, trafen uns zum Essen, fuhren in ihrem Mercedes-Oldtimer über Land, redeten viel über Kunst, denn sie war Kunsthistorikerin.

Sie war zweimal geschieden, hatte danach Kreuz- und Querverhältnisse. Männer ließen sie sitzen, weil sie angeblich zu viel trank. Dass sie viel trank, war mir nicht verborgen geblieben. Sie hatte oft schon eine Flasche Grauburgunder geleert, während ich noch beim ersten Glas war.

Wir hatten schon ein wenig Zeit miteinander verbracht, als ich sie in meine Wohnung einlud. Es war an einem Freitagabend, Frühsommer. Ich hatte für sie Ossobuco zubereitet, wir aßen auf dem Balkon. Zu meiner Überraschung sprach sie an diesem Abend von einem Urlaub, den wir gemeinsam in Florenz bei den Meisterwerken von Michelangelo und Raffael verbringen könnten. Ich sagte weder ja noch nein.

Über so viel Gemeinsamkeit hatte ich noch nicht nachgedacht. Da waren noch zu viele Bilder in meinem Kopf von Aufenthalten in Florenz mit Amelie. Im Laufe unseres Gesprächs ließ sie durchblicken, dass ihr unsere Bekanntschaft nicht gleichgültig sei. Ich verstand es so, dass sie zu mehr bereit war als nur zu Gesprächen unter Freunden und gelegentlichen Exkursionen in die Natur.

Als es auf Mitternacht zuging, bat ich sie zu bleiben. Ohne jede Verlegenheit antwortete sie: »Ich habe meine Zahnbürste dabei.« Später kramte sie ihre Utensilien aus der großen Handtasche und stellte sie auf den Waschtisch.

Es lief nicht im Bett, ich konnte mir noch so viel Mühe geben. Ging es überhaupt noch? Bange Frage.

Als ich mich wortreich entschuldigte, nahm sie mich in den Arm und sagte nur: »Du bist noch nicht so weit, du kannst dich noch nicht für eine andere Frau öffnen, du bist noch zu sehr im alten Leben.«

Sie ging noch in der Nacht, ich bemerkte es nicht. Ich war eingeschlafen, von Selbstvorwürfen ermattet.

Wochen später habe ich dann noch zwei, drei Versuche mit anderen Frauen gemacht, mit dem gleichen deprimierenden Resultat.

Würde es überhaupt wieder gehen?

Dr. Berger nickte, als ich ihm diese Frage stellte. Ich hätte zu früh die großen Gefühle erwartet und sei deshalb ernüchtert worden, das gebe sich nur allmählich. Er sollte Recht behalten.

Etwa um diese Zeit erhielt ich von Amelie eine Botschaft, auf die ich zwar insgeheim gehofft hatte, auf die ich aber nicht vorbereitet war. Sie hatte einen ganz anderen Duktus als die vielen vorangegangenen Nachrichten. Die Sätze waren nicht mehr gespreizt, die Gedanken nicht mehr wolkig.

Amelie schrieb mir, dass sie sich in einer Krise befinde. Sie habe sich wohl in ihrer Beziehung zu Paul getäuscht. Ich las die Nachricht ein weiteres Mal. Sie wühlte mich auf. Ich konnte nicht allein sein und verließ die Wohnung.

In der Bar, in die ich ging, arbeitete eine Barfrau, die ich kannte und mit der ich gern plauderte. Ich bestellte einen Whiskey und ließ mich von ihrer Strumpfnaht ablenken.

Aber in Gedanken war ich bei Amelies Mail. Was hatte sie geschrieben? Dass sie an ihrer Schuld, die sie mit dem Ehebruch auf sich geladen habe, fast zugrunde gehe. Sie wolle mit mir darüber sprechen. Ich dürfe ihr das nicht verweigern. Sie wisse nicht mehr weiter.

Ich zahlte und ging. Ziellos lief ich in der Wohnung hin und her, nestelte am Blumenstrauß auf dem Esstisch herum, unfähig, einen vernünftigen Gedanken zu fassen. Als ich allmählich ein wenig zur Ruhe kam und der Verstand wieder arbeitete, wurde mir klar, dass ich mich in einer Zwickmühle befand.

Ich wehrte mich gegen die aufsteigenden Sehnsuchtsbilder und den Gedanken, da wieder anknüpfen zu können, wo wir aufgehört hatten. Ich redete mir gut zu: Du darfst dich nicht in eine Situation hineinmanövrieren lassen, die in einer diffusen Versöhnung endet, aber alles beim Alten lässt.

Dann aber gab ich nach. Das Gefühl der alten Verbundenheit hatte gesiegt. »Ich muss ihr doch beistehen, wenn sie ins Schlingern gekommen ist«, sagte ich mir.

Seit fast einem Jahr hatte ich geschwiegen. Aber jetzt ging ich zum Computer, um Amelie ein paar Zeilen zu schreiben. Ich würde ihr Rat und Trost nicht verweigern, wenn sie ihn ernsthaft bei mir suche. ERNSTHAFT, so schrieb ich in Versalien. Ich nannte einen Ort und einen Termin für ein Treffen.

»Lass uns ins Ritz Carlton gehen, so wie früher.«

10

Im Bistro des Restaurants haben sich die Tische gefüllt. Die Kellner tragen im Geschwindschritt die Speisen auf und rufen dann und wann kurze Befehle in die Küche.

Ich habe für einen Augenblick die Orientierung verloren, als ich aus meinen Erinnerungen auftauche. Ich streiche mir mehrmals über die Augen, als wolle ich die Vergangenheit wegwischen, die ich in den Kollegheften beschrieben habe und die mich während der Zeit des Wartens auf Amelie überrollt hat.

Ich brauche frische Luft. Ich sitze nun schon über eine Stunde hier und bin etwas müde geworden. Ich verlasse das Restaurant, gehe auf den Platz vor dem Hotel und laufe ein paar Runden. Dabei beobachte ich die Menschen, die aus den Limousinen steigen, die vor der Pendeltür des Hotels mit leichtem Knirschen der Bremsen halten. Es sind meist Menschen gesetzteren Alters, die sich für das Abendessen im feinen Hotel herausgeputzt haben. Die Farbe Schwarz herrscht vor.

Ich schaue ein paar Mal auf die Uhr, es ist kurz vor acht. Dann betrachte ich das Plakat an der Litfaßsäule auf dem gegenüberliegenden Platz am Treppenabstieg zur U-Bahn. Es ist ein Plakat von Parship, das überall in der Stadt zu sehen ist: Das Bild einer lächelnden blonden Frau verspricht, dass sich dank Parship alle sieben Minuten ein Single verliebt.

Aus dem Halbdunkel des Platzes, dort wo die Säule mit dem Plakat der lächelnden blonden Frau steht, löst sich eine Gestalt, die direkt auf das Hotelportal zugeht. Das Klacken der Absätze ihrer Stiefel ist weithin vernehmbar. Als sie näherkommt, Kontur annimmt und wir Blickkontakt haben, lächelt sie wie die Frau auf dem Plakat.

Sie hat mich erkannt und sagt: »Du hättest nicht vor der Tür auf mich warten müssen.«

Sie sagt das in einem leicht gepressten Ton, der ihre Anspannung verrät. Dann umarmt sie mich und versucht mich an sich zu ziehen. Doch von meiner Seite ist es ein distanziertes Umarmen, steif und zwanghaft. Die Kluft ist zu spüren. Es ist viel Luft zwischen uns, und beinahe hätte ich ihr das auch gesagt.

Amelie empfindet es sicher auch so, sie löst rasch die Umarmung und nimmt meinen Arm: »Lass uns hineingehen. Hast du ein Tageszimmer bestellt?«

Sie bemerkt mein Erstaunen und ergänzt rasch: »War doch nur ein Scherz.«

Wir gehen ins Restaurant.

Mit einem leichten Nicken nimmt mein Tischkellner zur Kenntnis, dass die Person, auf die ich gewartet habe, nun endlich eingetroffen ist. Lächelnd reicht er uns die Speisekarten.

Amelie legt sie beiseite, denn sie will zuerst einen starken Milchkaffee trinken, »gegen die Müdigkeit«, wie sie sagt. Sie bekommt ihn rasch und saugt den Milchschaum ab, trinkt zwei, drei kräftige Schlucke und seufzt erleichtert: »Mein Gott, das tut gut.«

Dann nimmt sie meine Hand, die gerade die Seiten der Speisekarte umblättert, und beugt sich über den Tisch hinweg zu mir. Sie schaut mich an mit diesem tiefen, liebevollen Blick, der das Herz in Schwingung versetzt.

Es gelingt mir, sie mit der Frage abzulenken: »Willst du essen, was du hier immer gegessen hast?«

Sie nickt. »Ach, das weißt du noch?«

»Ja. Das weiß ich noch.«

Der Ober, nur wenige Schritte von uns entfernt, faltet auf einer Anrichte Servietten zusammen. Ein wenig zu eilfertig kommt er an den Tisch, als ich ihn leise rufe: »Bitte bringen Sie zwei Mal Wiener Schnitzel.« Nach einem kurzen Zögern ergänze ich die Bestellung: »Und eine Flasche Grüner Veltliner dazu, aber kalt bitte.«

Amelie schenkt mir dafür ein Lächeln.

Erst jetzt, in der etwas zu grellen Beleuchtung des Bistros, fällt mir auf, dass sie ihr schulterlanges Haar für eine dieser modischen, mindestens zweihundert Euro teuren Kurzhaarfrisuren drangegeben hat.

»Wie hübsch du aussiehst, die neue Frisur. Und schlank bist du geworden.« Mit diesen Komplimenten will ich sie ins Gespräch hineinziehen, ihr das Reden leichter machen über das, was sie angeblich bedrückt und ratlos macht, wie sie mir geschrieben hat. Deshalb sitzen wir ja hier.

Als ich ihr vorhin so zugesehen habe, wie sie sich mit Leichtigkeit vor mir durch die Hotellobby bewegte, hatte ich nicht das Gefühl, als müsse ich mir Sorgen um

Amelie machen. Ich weiß wieder einmal nicht, ob ich das Richtige oder Falsche getan habe, ob ich schwach oder stark war, als ich mich auf ein Gespräch eingelassen habe. Eines allerdings ist mir klar: dass ich hinter alles, was sie mir an diesem Bistrotisch erzählen wird, ein Fragezeichen setzen muss.

Sie nimmt ein paar Bissen, sie würgt sie eher hinunter. Sie schiebt Messer und Gabel beiseite. Ich lege meine Hand auf ihren nackten Unterarm, vielleicht in der Hoffnung, mit dieser Berührung eine Empfindung der Vertrautheit auszulösen, die ihr über die Sprechbarriere hinweghilft.

Es funktioniert.

»Du bist der einzige Mensch, dem ich mich rückhaltlos anvertrauen kann«, sagt sie, »trotz allem, was geschehen ist. Deshalb habe ich dich seit einiger Zeit so insistierend gebeten, endlich aus deiner Versenkung aufzutauchen.«

Sie ist verlegen, sogar befangen, wie mir scheint. So kenne ich sie nicht. Sie schiebt die Serviette hin und her, dann seufzt sie: »Ich habe mich getäuscht.« Sie seufzt wieder.

Nach einer kurzen Pause fährt sie fort: »Ich will keine großen Worte machen. Ich weiß nicht, ob Paul und ich zusammenbleiben können.«

Ich schaue Amelie nicht an. Ich blicke durch die große Scheibe hinaus in die Dunkelheit, dorthin, wo der Park liegt.

»Das geht mir zu schnell«, antworte ich, als ich sie wieder ansehe. »Was ist denn passiert? Du hast doch von der Herrlichkeit der Welt gesprochen, zu der Paul dir die

Türe geöffnet hat. Hat er sie denn wieder zugeschlagen, oder was ist los?«

Sie seufzt erneut.

»Ich will nicht ins Detail gehen«, sagt sie, und geht dann doch ins Detail. Sie spricht davon, dass ein Alltagsleben mit Paul sehr schwierig ist. Ja, die Reisen mit ihm seien sehr schön und bedeuteten ihr viel. Nur, das reiche nicht.

»Ich glaube, er weiß nicht so recht, was mir auf der Seele liegt. Wenn wir nicht gerade unterwegs sind, sitzt er bis tief in die Nacht vor seinen Partituren, macht dann und wann ein paar Schritte zum Flügel, um einen Klang zu überprüfen.«

Mit fortschreitender Nacht, so erzählt sie, würden die Schritte immer schwerer.

»Schläfst du noch mit ihm?«

Keine Antwort. Ich hätte so gern ein Nein gehört.

Ich bemerke, dass dieser Wunsch bei mir mit starker Eifersucht verbunden ist, einem dunklen, überwältigenden Gefühl, das ich nur mit großer Anstrengung beherrschen kann.

Amelie ringt lange um den richtigen Ausdruck, schaut zur Decke und sagt mit klarer Stimme: »Meinen letzten Geburtstag werde ich so schnell nicht vergessen. Ich fühlte mich sehr einsam.«

Ich wiege den Kopf. »Von Einsamkeit kann ich dir auch etwas erzählen. Seit wir uns getrennt haben, sitze ich allein in meiner Wohnung und schaue ins Dunkle. Von den Nachtgedanken im vierten Stockwerk könnte ich dir jetzt stundenlang berichten und auch von meiner Unfähigkeit, die Einsamkeit zu meinem Freund zu machen.«

»Ich weiß, ich weiß, dass ich schuld daran bin. Glaub mir, ich leide darunter, auch deshalb kann ich meines Lebens nicht wirklich froh werden, ich habe es mir anders vorgestellt. Ich werde die starken Gefühle nicht los, die ich für dich habe, ich werde sie wohl bis ans Lebensende nicht los werden. Paul spürt das, und das verunsichert ihn. Es vergeht kein Tag, an dem er mich nicht bittet, ihn bloß nicht zu verlassen. Er will mich nach seiner Scheidung auch sofort heiraten. Zwei schriftliche Anträge hat er mir schon gemacht.«

Sie habe das durchaus genossen und sich auch geehrt gefühlt.

Sie deutet meinen scheelen Blick, mit dem ich sie taxiere, durchaus richtig: »Du misstraust mir.«

Ja, ich misstraue ihr. Ich habe Zweifel an der Ernsthaftigkeit ihrer Absicht, sich von Paul zu trennen. Aber ich sage es ihr nicht, ich weiß nicht, warum.

Ich werde den Gedanken nicht los, dass sie ihr Ziel, ihr altes und ihr neues Leben miteinander zu versöhnen, mit diesem Treffen doch noch erreichen will. Vor Kurzem erst hat sie mir geschrieben, dass es ihr Traum gewesen wäre, neunzig Prozent ihrer Zeit einen gleichmäßigen Alltag zu haben und nur hin und wieder zur Bereicherung mit Paul Ausflüge in die große weite Welt zu machen.

Es geht schon auf Mitternacht zu, es sind nur noch ein paar Tische besetzt, als ich zahle, um den Abend in der Bar fortzusetzen. Dem Kellner, der mich so aufmerksam bedient hat, gebe ich ein anständiges Trinkgeld. Wir stehen auf.

Amelie greift nach meinem Arm. Wir verlassen das Restaurant und gehen an die Bar.

Dort sitzen asiatische Männer, Geschäftsleute offensichtlich, die den Erfolg oder Misserfolg des Tages mit Whiskey begießen. Amelie und ich finden noch zwei Plätze in einer schummrigen Ecke. Ich weiß, dass sie zu später Stunde gerne noch ein Glas Champagner trinkt. Ich bestelle eine Flasche Feuillatte, ihre Lieblingsmarke.

»Schön, dass du dich daran erinnerst, was ich am liebsten trinke«, sagt sie.

Wir stoßen an.

»Worauf?«, frage ich.

Sie zaubert ein Lächeln auf ihre Lippen, als sie sagt: »Auf uns natürlich.«

Ich spüre bei dieser Antwort einen Stich in der Herzgegend: Ich zweifle an ihrer Ehrlichkeit. Aber ich lächle zurück. Mit einer Anekdote versuche ich, die leicht verkrampfte Situation zu entspannen.

»Vor ein paar Tagen wären wir am Berliner Hauptbahnhof beinahe zusammengestoßen, wenn ich mich nicht hinter einem Pfeiler versteckt hätte. Du warst im gleichen Zug wie ich und stiegst nur wenige Meter vor mir aus dem Wagen. Ein paar Augenblicke lang hat mich eine seltsame Hitze gepackt, als ich dich davongehen sah, aber ich habe sie niedergekämpft.«

»Du hast eine Stärke entwickelt, die ich dir nie zugetraut hätte«, erwidert Amelie.

Wir schauen uns an, bis unsere Augen ineinander versinken. In mir keimt wieder die Vorstellung, dass sich da eine Zukunft abzeichnen könnte, zumal sie einen Satz hinzufügt, der in diese Richtung weist: »Oft wünsche ich mir, alles wäre wieder wie früher, da hatte ich meinen sicheren Platz im Leben, wusste, wo ich hingehöre, hatte dich und die Kinder, die Familie. Mein Abschied aus dieser Wohlfühlzone war wohl voreilig.«

Zunächst ist mir, als hätte ich mit diesem Satz ein Stück Himmel zu fassen bekommen. Doch die Träumereien werden von einem anschwellenden inneren Sirenenton zerrissen: »Lass dich nicht überrumpeln, denk daran, was dein Therapeut dir beigebracht hat: ›Nur Fakten, unbestreitbare Fakten zählen.‹«

Es bedarf dennoch einer ziemlichen Anstrengung, bis ich herausbringe, was jetzt gesagt werden muss, wenn ich einigermaßen vor mir bestehen will: »Amelie, lass uns bitte keine Pläne für die Zukunft machen, bevor du dich nicht definitiv von Paul getrennt hast. Und es muss eine endgültige Trennung sein, danach können wir über alles sprechen.«

Das hat sie nicht erwartet.

Sie steht abrupt auf und sagt, dass es Zeit sei zu gehen, sie sei sehr müde.

Wir verlassen die Bar.

Ich bringe sie mit dem Taxi zu ihrem Hotel am Kurfürstendamm. Der Abschiedskuss fällt heftiger aus, als er hätte sein dürfen. Wir sind schon auseinandergegangen, da dreht sich Amelie noch einmal um und ruft mir zu: »Wollen wir nicht ein neues Treffen vereinbaren?«

Ich schüttle den Kopf.

Noch bevor ihre schöne Gestalt durch die Hoteltür verschwindet, rufe ich ihr zu: »Wir wollen alles auf uns zukommen lassen.«

Ich gehe den Rest des Weges zu Fuß nach Hause. Es ist nicht weit.

In den kommenden Tagen unterdrücke ich den Wunsch, Kontakt mit ihr aufzunehmen. Ich versuche, mich aus dem Gefahrenbereich herauszumanövrieren. Ich bekomme in diesen Tagen von Amelie nur eine einzige Mail, mit der sie sich für die »schönen Stunden nach der langen Zeit des Schweigens« bedankt. Als PDF hat sie eine Postkarte mit der aus Blümchen gezeichneten Aufschrift »A true lovestory never ends« angehängt. Aber sie hat diesmal den Satz hinzugefügt: »Ohne dich will ich nicht leben.«

»Ich auch nicht ohne dich«, hätte ich ihr gerne zurückgeschrieben.

Es ist noch keine Woche seit unserer Zusammenkunft im »Ritz« vergangen, als mir ein Freund ein Foto per WhatsApp schickt. Es ist eine Aufnahme aus der Hamburger Elbphilharmonie, die er während eines Konzerts gemacht hat. Das Bild zeigt ein Paar, eng aneinandergeschmiegt, als säße es im Kuschelsessel eines Kinos. Die beiden lauschen der Achten Sinfonie von Gustav Mahler, die Kent Nagano, wie die Kritik am nächsten Tag vermerkt hat, präzise und ohne spätromantische Schwärmerei dirigierte.

Auf dem Foto strahlt Amelie.

In diesen Sekunden fühle ich mich einsamer, als ich mir Einsamkeit je vorgestellt habe.

Am nächsten Morgen werde ich sehr früh wach und gehe auf den Balkon. Das zarte Rosa am Himmel vertreibt die Spuren der Nacht. Die Luft ist noch unverbraucht. Das Grün der Straßenbäume schimmert silbrig im Morgenlicht. Ich weiß, dass ich mit den Bildern aus der Vergangenheit Frieden schließen muss, den schönen und den düsteren, wenn ich wieder festen Boden unter die Füße bekommen will.

Einem spontanen Impuls folgend, verlasse ich den Balkon, setze mich an den Schreibtisch, fahre den Computer hoch und klinke mich in die Datei mit den Mails ein, die zwischen Paul und Amelie hin und her gegangen sind und die so viel Aufschluss über das Verhältnis der beiden gegeben hat. Ich drücke auf das Löschen-Symbol.

»Wollen Sie die Datei wirklich löschen?«, fragt der Computer mich.

Ich drücke auf »Ja«.